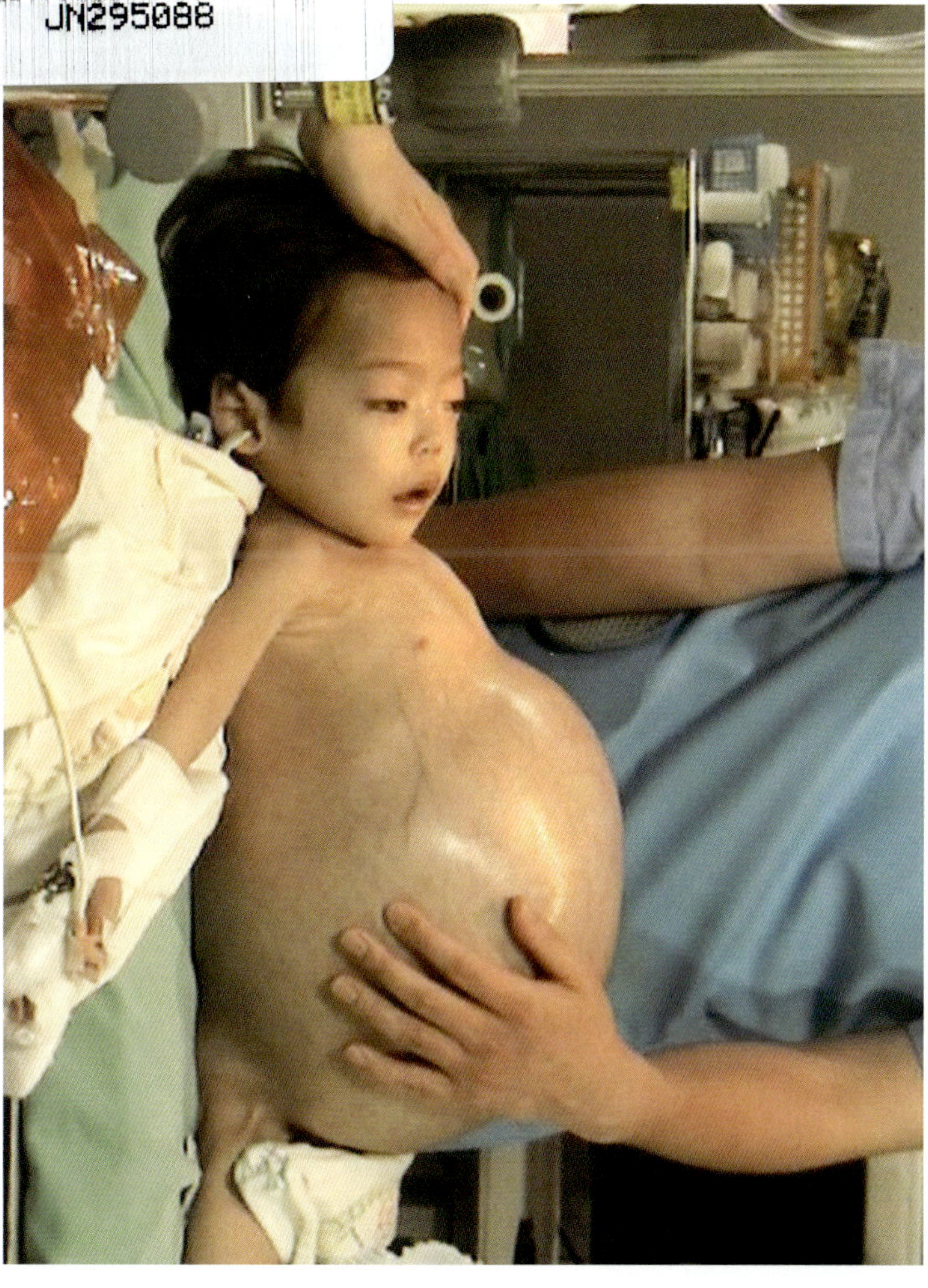

渡航前、アメリカの受け入れ病院から依頼されたカテーテル検査をするためにカテーテル室に入ったものの、この時点での検査は危険すぎると急遽中止となった。風船のように膨らんだお腹は、心不全症状の重症化とともにたまった腹水によるものであった（2006.12.5）

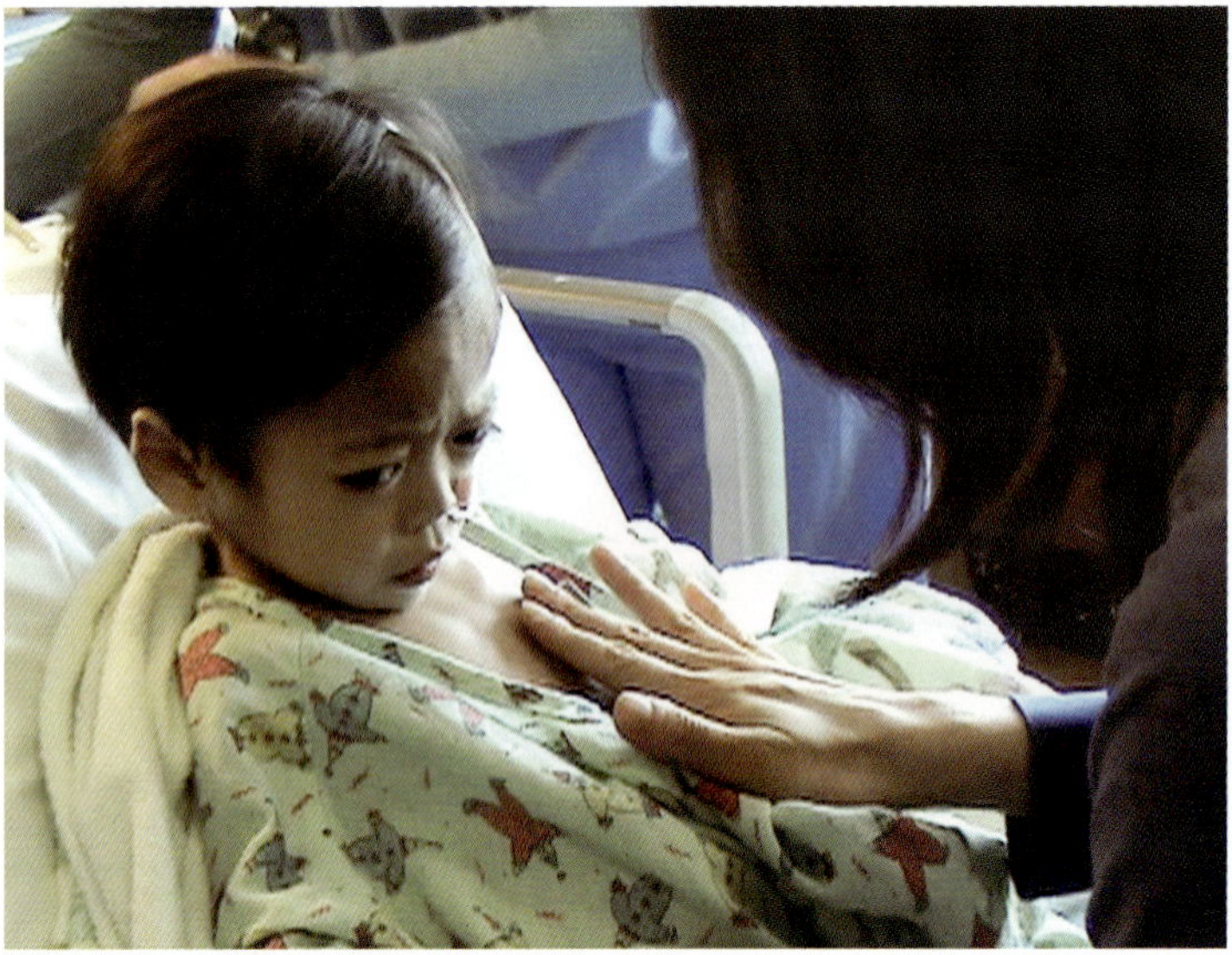

移植手術当日の朝、病室で宏典に手術の話をしているところ。いつも顔をしかめているためにとれなくなった眉間のしわが痛々しい（07.2.23）

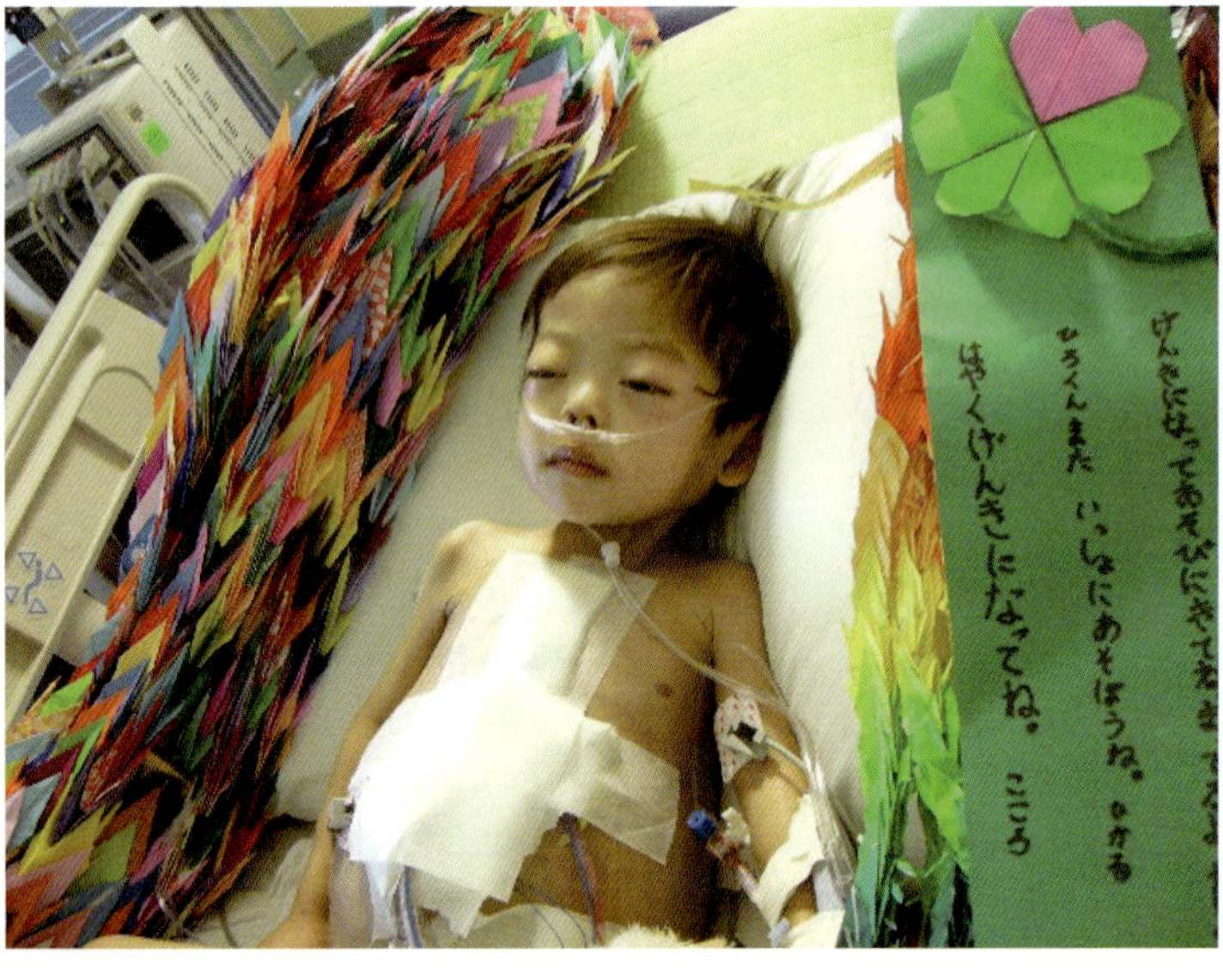

移植手術後、２日目。術後のいちばん危険な２日間を何事もなく乗り切り、意識も戻った。人工呼吸器も外されている（07.2.25）

待ちに待った家族（父親、兄２人）との再会。また、報道陣に囲まれた中を歌を唄いながら歩くご機嫌の宏典。このあと、帰国後の記者会見が行われた（07.9.4）

保育園の運動会での一コマ。５歳になって、はじめて経験する運動会が嬉しくて嬉しくて、喜びあふれる行進（09.5.16）

ミラクル
ボーイと呼ばれて

阿波ひろみ

はる書房

本書は、『今日の命を救うために』（トリオ・ジャパン編集、２００９年刊）の中に収録された同名タイトルの文章に加筆し、さらに解説を加えたものである。

はじめに

「あなたのお子さんは、移植手術を受ける以外、命が助かる道はありません」、「……日本では、15歳未満の子供の臓器提供は、法律で認められていないため*、移植手術を受けるには1億を超える莫大な資金を募金活動によって集め、海外の受け入れ先の病院を探し、その国まで行かなければなりません。どうなされますか？」――医師からある日突然、このように告げられたとしたら、皆さんは、どう考えますか？

医療先進国と信じていた日本で、いまだ受け入れられていない医療があることを私たちは知りませんでした。よその国では、助けられる命が、日本では助けられないことも知りませんでした。

わが子に起きた悲劇。以来、その取るべき命の選択に苦悩し、移植の道に進む罪悪感に苛まれながら、たくさんの人を巻き込んで死に物狂いで募金活動を行いました。様々な中傷さえ受けました。まさに命がけで海を渡り、やっとの思いで辿り着く医療、それが今の日本における小児の移植医療です。

この冊子には、ごく普通の家族が突然、わが子の病気と余命宣告を受けてから、長い苦悩を経て、移植の道に進むまでの軌跡が書かれています。移植への道は一度は諦めかけたものでしたが、息子の必死に闘う姿から移植に進む勇気をもらいました。

この冊子を手にしてくださる方が、このとても現実とは思えない、しかし私たち家族に実際に降り掛かった出来事を少しでも自分のこととして感じていただけたなら……そして、私たちが自らの体験を通して知り得たこと、すなわち、「移植医療はまさに愛の医療である」という事実を少しでも伝えられたならと思い、筆をとらずにいられませんでした。

私たちが特別な家族だったわけではありません。どの家族にも起こりうることなのです。私たちの愛する日本が、今どう変わるべきなのか、どうか少しの間、共に考えていただけませんか？　自分にも十分に起こりうる問題として。

２００９年６月

阿波ひろみ

＊２００９年７月13日、臓器移植法の改正案が、参議院での過半数の賛成を得、ついに成立した。これにより２０１０年７月から新しい法律が施行され、小児の臓器提供そして移植が日本でも可能となった。

ミラクルボーイと呼ばれて＊もくじ

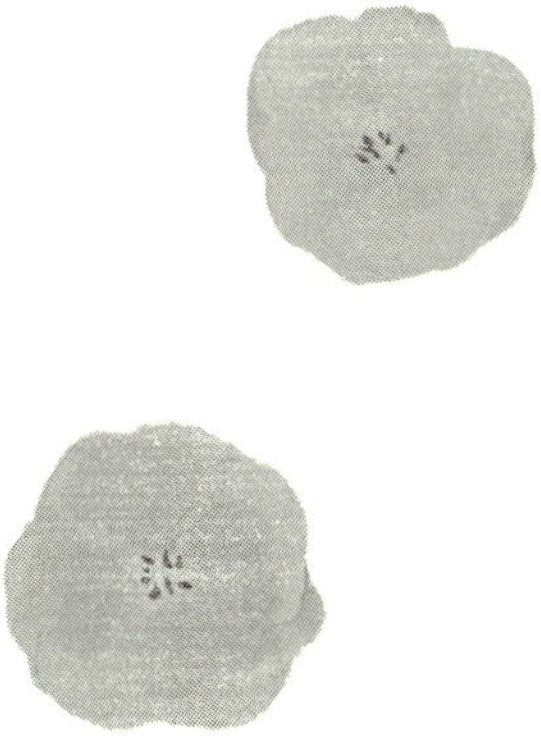

2部

1部

扉イラストは、著者がアメリカ滞在中に購入した2つの人形をもとに描き起こしたものである。スーザン・ローディ（Susan Lordi）という作家の作品である。表紙にも同じ絵をそれぞれ配した。人形は、当時重病のわが子を抱きしめていた著者自身のように、また、移植手術を受け、いま無事に成長を遂げるその子の姿のようにも映る。少年が胸に抱えるのは、ドナーからの命の贈り物であろうか。

ドナーへの感謝を忘れず、いただいた命を大切に思ってほしい、という著者のわが子へ向けた願いをイラストに込めた。

夢のような現実

当時、私たちは、5歳、3歳、1歳の3人の男の子に恵まれ、まだまだ手のかかる子どもたちを必死に育てるのに大奮闘の真っ最中だった。私は、三男が生まれたとき、育児休暇期間を利用して、その間専業主婦になった。仕事に復帰するその時まで、育児にどっぷりと浸りたいと考えていた。

命をつなぐために海外での移植手術が必要で、募金活動をして移植手術に希望を託す重症の子どもたちとその親の姿は、テレビのニュースや新聞の記事で何度か見かけたことがあった。

しかしそれはあくまで、テレビや新聞の中の話で「募金をして海外に行かなければならない病気があるなんて。親御さんはさぞかし心痛だろうな」という程度の捉え方でしかなかった。まさかわが子が同じ重病にかかることも、自分たちが同じ立場にたつことも、まったくこれっぽっちも思わずに過ごしていた。

テレビで見た、悲痛な面持ちで記者会見に臨む親に自分たちがなるなんて、そのとき誰が思っただろう。おそらく、移植に進んだ子どもの親御さんは皆、わが子の病気を知るまで同じような状況にあったと思う。

その「まさか！」が私たち家族に起こってしまった。

突然の余命宣告

2005年3月、三男・宏典が1歳3カ月のときの出来事であった。風邪をひき受診した際、以前から気になっていた腹部の異常なふくらみを小児科の先生に診てもらった。肝臓は通常の5倍までに腫《は》れており、すぐに検査のため大学病院を紹介された。私たちは、大学病院を受診する日まで、医師があげた肝臓の病気をインターネットで調べた。そこに書かれていた肝臓の病気はどれも深刻なものばかりで、私たち夫婦は言いようのない不安を覚えた。ところが、大学病院での検査結果は、肝臓の病気ではなく、心臓の病気であった。

医師から告げられたのは「拘束型心筋症《こうそくがたしんきんしょう》の疑い」であった。聞いたこともないその病名と、病気についての説明がその場でなされた。

心筋が線維化《せんいか》するとか、心不全状態《しんふぜんじょうたい》であるとか、なぜ、それが他の臓器、肝臓に影響を及ぼしているのかなど一応説明を受けるものの、それが自分の息子のこととしては、全く耳に入ってこない状態だった。

医師からの「手の施しようのない末期がんのようなものと考えてください」との言葉に、どれほどの重病であるかは理解できた。私の心臓はいいようのない不安でドクドクと波打ち、足元をすくわれそうな感覚に陥っていた。さらに「助かる道は、海外に渡って行う心臓の移植手術しかありません。予後は非常に悪く、余命一、二年です」と申し渡された。医師の説明を夫は神妙な面持ちで聞き、私は途中から涙が止まらなかった。

いきなり後ろから頭をかなづちで殴られたような激しい衝撃。まだ何が自分たちに起こったのか把握しきれないでいた。ぼーっとした意識の世界にいた。ただ涙がポロポロと頬を伝って落ちた。とんでもないことが起こったということと、わが子が長く生きられないということが強烈に胸に突き刺さった。

医師の説明が終わり、病室に帰り息子を抱きしめ、私はまた泣いた。そばにいた師長さんがなにも言わずに、私の背中に手を添えてくださった時の温もりが忘れられない。

家に戻る車の中、宏典は私の腕の中で気持ちよさそうに眠っていた。その寝顔と温もりを感じながら、私たち夫婦は、それぞれハラハラとこぼれる涙を拭うこともできずに泣いた。運転手の夫はきっと、道路も信号も涙でにじんで運転が大変だったと思う。

家に戻ってから、医師からもらった資料を参考にするだけでなく、「拘束型心筋症」、「心臓移植手術」をネットを使い死に物狂いで調べた。調べれば調べるほど、その重症度と立ちはだかる高い高い壁が見えてきて、絶望感と深い悲しみに私たちは押しつぶされていった。

私たちは、とてつもない恐怖感から逃げるかのように、「拘束型心筋症の疑い」の診断に疑いを持ちはじめた。わが子がそれほどまでに重症の病気であることを受け入れられない〝もがき〟である。

「まさか、うちの子がそんな重病にかかるわけがない」、「何かの間違いで、間違った診断を受けたにちがいない」、「50万人に1人の病気に間違ったってなるわけがない」。藁をもつかむ思いで必死に逃げ道を探した。

私たち夫婦は、他の病院の先生に診てもらえば診断が変わるかもしれないと、2人の心臓内科の先生のもとへ宏典を連れて行った。しかし、そこでの診断もやはり同じだった。「重症です。初めの診断に異議はありません」と告げられ、どうか間違いであってほしいという望みは見事に打ち砕かれた。私たちは逃げ道をすべて失ってしまったのである。

逃げ道を塞がれ、わが子の病気を受け入れざるをえなくなった時、私たちはそれまで以上の深い悲しみと絶望感に襲われた。何をしていても涙が溢れてくる。まだ幼い上の子ふたりに、涙と動揺を見せまいと必死に隠すのが精一杯だった。それでも子どもたちを寝かせつけ、3人の寝顔を見ながら流した涙はどれほどだっただろうか。

毎日、夫が仕事に出かけると、大きな悲しみと不安が私を襲うようになった。これまでの幸せがガラガラと崩れていくような感覚に、少しうつに近い状態に陥っていた。大きな黒い渦に飲み込まれずに済んだのは、上の子ふたりの笑顔と、母としてこの子どもたちを守らなければという強い思いからだった。

診断が確定するまで

移植手術に向かうことを視野に入れ、私たちは２００５年４月末、診断の確定と移植認定のための検査を行うため、大阪にある国立循環器病センターに入院した。

完全看護で夜は母子分離のその病院で、宏典は初めて母親と離れて夜を過ごした。翌朝、近くに借りたアパートから病院へ行くと、初めて母親と離れる夜を不安で泣き明かし、目をはらし体はパンパンにむくんだ息子が目に涙をいっぱいためて、ベッドの柵にしがみつき私を待っていた。子どもは段々とその母子分離の状況に順応していくそうだが、私たちには辛い母子分離の経験であった。

国立循環器病センターでは、「拘束型心筋症の疑い」を「拘束型心筋症」と確定するための様々な検査と、それに加えて移植認定を受けるために必要な検査をした。そして検査の結果、「疑い」は「確定」へと変わり、私は一人戻るアパートの一室で泣き明かした。

泣いても泣いても決して現実が変わることはなかった。翌朝は、腫れぼったい瞼のまま病院に向かい、下手をするとこぼれそうになる涙を必死にこらえながら、まだ検査の続く宏典に微笑みかけていた。

自宅で上の子の世話をしながら最終的な診断が出るのを待っていた夫は、拘束型心筋症であるとの確定を受けて、これからのことを考えていたようだ。宏典本人のことはもちろん、上の子ふたりのことも含めて、さらには移植の道を目指すのかどうか……。このとき宏典は1歳7カ月であった。

検査をすべて終え、退院前、夫婦で病気の経過と移植医療についての説明を受けた。

拘束型心筋症とは、心臓の心筋が線維化して心臓のポンプ機能が十分に果たせなくなる病気で、予後は非常に悪く、これといった有効な治療法がない。宏典の場合、進行を初期・中期・後期と分けると中期に位置するということであった。

初期でないことにショックを受けたが、拡張型心筋症の子に比べて一見元気で、進行も早く、突然死も十分考えられる病気であり、余命は1年、3歳の誕生日を迎えるのは難しいだろうという説明だった。対症療法のある他の型の心筋症と違って、有効な手立ては何もなく、助かる道は心臓移植手術しかない。

移植については、移植手術に伴うさまざまなリスクのこと、募金活動をしたとしてもその手術にたどり着ける子はほんの一握りにすぎないこと、募金活動をすることで巻き込む家族のこと、そして、たとえ針の先ほどの希望にたどりついて移植手術が成功したとしてもその後の後遺症に苦しむこともあることなど、医師に質問しながら話は長時間に及んだ。その中で一番強烈に残ったのは、「移植に進むことが本人にとって幸せとは限らない」という言葉だった。

移植に進んで成功した患者の経験を持たず、多くの悲しい結果を知るその医師の言葉には、移植に対して後ろ向きな発言が多かったような気がする。そのために、もう移植に進むしかないという思いでいた私たちは、移植への道をもう一度考え直すこととなった。

苦渋の末の決断――幸せ探し

「移植に進むことが本人にとって幸せな道とは限らない」――そのことばは私たちに重くのしかかった。では、「本人にとって幸せな道」は、どこにあるのか。夫婦で思い悩み、考えるものの、いくら考えても容易に答えを出せなかった。

一つの道は、与えられた運命を受け入れ、残された時間を精一杯家族とともに過ごすということだ。しかし、その先には必ず訪れる悲しい別れがある。もう一つの道は、移植手術に希望を託して闘う道だ。しかし、募金活動をすることでたくさんの人を巻き込み、迷惑をかけることになるだろうし、たとえ成功したとしても医師の話の通り後遺症に苦しむかもしれない。

移植に進むか進まないかの決断は、特にまだ物事の判断のつかない幼い子どもの場合、本人の意思表示は難しく、その命の選択は、医師ではなく親の決断に委ねられる。その言いようのない重責と苦しみが私たちを追い詰めた。わが子の命の選択を親自身がし、その命を亡くした時にはまるで自分たちが殺してしまったかのような錯覚に陥るにちがいない。

生きる希望は移植手術しかない。「その生きる希望があるのに、その希望を親である自分たちが閉ざしてよいのか？」、「本人はそれでも生きたいと望むかもしれない」、「自分がもしも宏典の立場であったなら、どの道を選ぶであろうか？」、「移植の道に進まないのは、息子のためではなく自分たち自身を守るためではないだろうか？」。自問自答を繰り返す苦しい毎日であった。

移植への道を選択するには、実にたくさんの壁があった。募金活動をすることにより、巻き込むそれぞれの兄弟たち、親や親戚のことを考えた。また、不意に「それだけのお金があったら、どれだけの発展途上国の子どもたちの命が助けられるのであろう」との考えが浮かんだときには、罪悪感を感じた。

自然の摂理に従うなら、短い命の時間を受け入れるべきではなかろうかという思いもあった。そして、移植医療に対する無知さと、日本人としての感覚からくる他の人の臓器の提供を受けてまで命をつなぐことに対する躊躇、〝抵抗感〟もこの頃にはあった。

さらには、移植を乗り越えたとしても、拒絶反応《きょぜつはんのう》や合併症《がっぺいしょう》等で、その後に同じ苦しみを味わわせてしまうかもしれず、その時はきっと今よりももっと悲しい別れをしなくてはならないという恐れや、進むことで残された命の時間を短くしてしまうかもしれない恐さもあった。

一番心配だったのは、移植に進むとなれば、病気のことを公にして募金活動をすることで巻き込むことになる身内の反応であった。身内のほうでは、募金活動に進んだ後の私たち家族の生活、一生向けられるであろう世間からの目、中傷、そして上の子ふたりへの影響を心配していた。

移植に進むか、諦めるか、なかなか決心がつかずにいる中で、「たくさんの人を巻き込み迷惑もかけ、そこまでして生かしたいのか」と言ってくる人もいた。

移植を受けて亡くなった子どもの記事が載った週刊誌を、泣いて拒む私に、それでも見ておくべきだと目の前で読まされたこともあった。そして、「もうあきらめなさい」と言われた時には、身を切り裂かれるような辛さと切なさ、悲しみに襲われた。

苦しんで、考えあぐねた末に私たち夫婦が選んだのは、与えられた運命を受け入れ残された時間を精一杯過ごさせるという道だった。家族とともに、その愛のうちに、笑顔でもって、少しでも長く過ごせるように。最期は私の腕の中で看取る覚悟で、移植に進まない道を決断したのである。息子にいずれ訪れる死を覚悟し、腹をくくってはそれでもまた諦めきれずに悩み、そしてまた腹をくくり直すということの繰り返しだった。苦渋の末の決断だった。

家族と過ごす時間——在宅療法の限界

宏典は突然死の恐れを抱えながらも、5月の国立循環器病センターの検査入院以降、山口県内の病院に定期的に外来受診しながら、利尿剤《りにょうざい》の内服薬のみで自宅で過ごせる時間を与えられていた。

拘束型心筋症の場合、有効な治療法や手だては何もなく、唯一できるのが利尿剤の内服であった。残された時間がわずかであるのなら、一秒でも多く家族と一緒に幸せな時間を過ごせるよう私たちは必死だった。

この頃宏典は、夜2、3時間おきにぐずっては起きた。そのたびに私は、もうほとんど出ないおっぱいを口にくわえさせ安心させて眠らせていた。風邪をひき高い熱が出た時には、一日中座いすで抱いて眠らせたこともある。まだ幼い上の子ふたりにもうがいと手洗いを徹底させ、風邪などにかかった時には夫の実家に預けた。上の子ふたりは、母親に甘えたい気持ちを懸命に我慢してくれ、宏典中心の生活に文句を言うことはなかった。

宏典は、腫れあがった肝臓に胃が圧迫され、食べることをあまり求めなかったが、私は米一粒でも多く食べさせようと懸命の努力を続けていた。少ない量でたくさんのカロリーがとれることもあって、チーズなどの高カロリーなものを選んで食べさせたりもした。

しかし、冬の風邪から腹水《ふくすい》がさらに溜《た》まり、定期的に行く外来受診で確実な病気の進行を告げられた。徐々に増えた腹水のためにお腹は風船のように膨らんで、とうとう歩くこともできなくなってしまった。2度目の大きな風邪をひいたときには、利尿剤の内服では利かなくなり、入院による点滴での投与を余儀なくされたものの、その後また自宅での内服に戻れた。

病気が見つかって以来の主治医である、済生会下関総合病院の石川雄一先生は、私たちがどんな思いで自宅での時間を大切にしているのか、よく理解してくださっていた。少しでも長く自宅で過ごせるように配慮してくださった。これが、最後の自宅での生活になることを先生は知っておられたのだろう。

その後、病気の進行は恐ろしいほどに進み、お腹は肝臓から滲み出した腹水で膨れあがり、内服による利尿作用に限界が訪れ、家での幸せな時間は終わりを告げたのである。

生きるための闘い、移植へ

２００６年7月の入院から病状の悪化により、24時間点滴が外せなくなり、二度と戻れない入院生活に入った。診断から1年4カ月が経っていた。

宏典と家族にとっての幸せな時間は終わり、生まれ育った家を離れ、家族とも別れた母親とふたりきりの辛い入院生活の始まりである。一日でも長く生きられるようにとの懸命な処置がはじまった。

腹水が体内で再吸収され尿として体外に排出されるのは難しくなり、お腹に針を刺して注射器で抜く処置を何度も行った。麻酔は危険を伴うため使わずに、皮膚のしびれ薬のみでお腹に針を刺す。宏典は、苦痛に顔を歪めながら必死にその処置に耐えた。厳しい水分制限も続いた。

病室から漏れるカラカラと響く音は、厳しい水分制限を課せられた宏典が氷を少しずつ溶かして少量の水分をちょっとずつ摂《と》るために、氷ひとつ入れられたコップを回し続ける音だった。

この頃、すでに宏典の病状は深刻な状態に達していた。移植に進まないとした私たちの決断も、この頃から崩れ始めた。わが子が本当にいなくなるという恐ろしいまでの不安。歯をくいしばり辛い処置を受けて、生きるために闘っているわが子の姿。

死なせはしない、という思いが日を追うごとに強くなっていった。最後には、「たとえ周りの人全員を敵にまわしてもいい、自分たちの命に代えてもこの命を諦めるわけにはいかない！」と心の中で叫んでいた。

腹水でパンパンに腫れあがったお腹、骨と皮ばかりになってしまった手足、肩で呼吸をし、いつも顔をしかめているために眉間のしわはとれなくなっていた。

ＢＮＰ（心不全の重症度を測る検査数値）も７０００を超え、宏典の命の限界が近づいたことをいよいよ悟った時、それまで自分たちを納得させてきたすべての理由は吹き飛び、ただ一つ「このまま死なせるわけにはいかない」という思いだけが残った。そして、宏典の懸命に病気と闘い生きる姿は、私たちだけでなく、様々な心配から移植に反対していた身内の心をも変えてしまった。皆の気持ちが一つとなった。

状態の悪化を医師から伝えられるたび、夜中に大急ぎで入るシャワー室で声を殺して何度も泣いた。

これだけ頑張って闘っている宏典に、何もしてやれない自分が情けなく、それでもいま自分にできるのは、宏典に微笑みかけ、母の愛情で包むことしかないと言い聞かせ、自分の務めに徹した。

10月、宏典は3歳の誕生日を病室で迎えた。宏典の大好きな仮面ライダーの絵のバースデイケーキにローソクを3本立て、家族みんなに囲まれた嬉しい誕生日であった。

かつて病気の診断を受けた時、医師から迎えることは難しいと言われた3歳の誕生日を、今こうして祝える喜びに涙が止まらなかった。わが子の強い生命力とこれまで必死に闘ってきた姿に、今度は親である私たちが応える番だと、宏典の3歳の誕生日の日、私たちは移植に進む決意をかためた。

進みたくても進めなかった道に、長い時間をかけ苦しんだ末、やっと辿り着いたのだった。削られていく命の時間を守る闘いから、生きていくための闘いに、この日から目標は変わった。生きていくための闘いに変わったその時、私は自分の中から湧き上がってくる、希望というエネルギーのとてつもない大きさを感じていた。

わが子の命に対する諦めを一つずつ自分に納得させていくことと、わずかな望みでも、希望を持つことで人はこれほどまでに変わるものなのか。その違いを私はこのとき痛切に感じた。

救う会の献身

募金活動に至るまでを書き記すと、次のようになる。

私たちはまず、巻き込むであろう人たちに移植に進む決意を示した。次に、トリオ・ジャパンに連絡を取り、東京の事務所へ相談に訪れた。

移植に進む強い決意をトリオ・ジャパンに告げると、国立循環器病センターの対応が移植に前向きでないこともあり、大阪大学医学部附属病院の福嶌教偉先生を紹介してくれることになった。

連絡を受けた福嶌先生は、お忙しい身でありながら、宏典の状態の把握と私たちの意志を再確認するために、宏典の入院している済生会下関総合病院まで来てくださった。移植に携わる偉い先生がわざわざ足を運んでくださることに、私たちは感動していた。

福嶌先生は、移植手術についての説明と術後の管理と生活について具体的な話をしてくださった。病状の進行具合から、福嶌先生に果たして移植手術が可能との判断をしてもらえるかどうか心配していたが、先生は終始にこやかな様子で、「よく頑張ってきたなあ。大丈夫。まだ間に合う。頑張ろうな、宏典君」と言って、宏典の頭をなでてくださった。その光景を目にした私たちは、この先生に任せておけば大丈夫と、はじめて移植に進む道が見えてきたような気がした。

先生は至急、アメリカのコロンビア大学附属モーガンスタンレイ・ニューヨーク子供病院に連絡を取り、受入れの許可を得てくださった。この時の福嶌先生との出会い、そしてまた先生の迅速な対応がなければ、私たちは宏典を失っていただろう。福嶌先生は言わば〝命の恩人〟である。

その後、友人や同僚たち有志からなる救う会が結成された。そして、受入れ先からデポジッド（預託金）額の提示を受けるとすぐに記者会見を行い、募金活動を開始。一刻を争う宏典の病状を考え、有志による救う会の募金活動は急ピッチで進められたのである。

善意の輪は、私たちの心配をよそに、知人の協力のもと、あっという間に全国のあちらこちらへと広がっていった。そして、励ましの温かいことばの数々や祈りのこもった千羽鶴の贈り物、お年玉を握りしめて募金してくれた子どもたち、お金がないからと自分の指輪を外して入れてくれる外国人の方、風来坊みたいな〝お兄さん〟がむずかしい顔をして近づき一万円札を入れてくれる姿など、温かい善意の気持ちをたくさんいただいた。

私たちは、ただただありがたくて、他人の子のためにこれほどまでに走り回ってくれる友人たちの存在と、全国から寄せていただく温かい心に、どれほど救われ支えられたかわからない。

親である私たちが守らなくてはと思っていた宏典の命が、多くの方に守られ、支えられていた。宏典の深刻な病状から、一刻も早くと、皆、自分の家のことなどかまわずに走りまわってくださった。

仕事を終えたあと、救う会のメンバーは毎晩深夜1時、2時まで奔走してくれた。その姿が善意の輪を一気に広げ、私たちの予想をはるかに超える勢いで募金が集まった――宏典の命を救うために、我がことのように走り回ってくださった救う会のメンバーは、生涯大切にしていきたいと思える大切な方たちである。

結局、募金は1カ月で目標額の1億円に達した。

また、この頃夫は、取材や救う会との連携もこなしながら、渡米までの間、週末には必ず上の子ふたりを連れて病院まできてくれていた。病室で、宏典を囲み過ごす家族の時間は、とてもかけがえのない時間だった。母親不在の家で、夫の父と母の協力を受けながら、夫と3人で過ごす上の子ふたりは、まだまだ母親に甘えたい、6歳と5歳であった。病院に来た時には、少しの間、宏典を夫に任せ、2人を病室の外へ連れ出し、交互に膝の上に乗せ、抱きしめた。心の中ではいつも、「寂しい思いをさせて、ごめんね」と2人に手を合わせていた。時には、夫と子どもたちは病院のシャワーを借り、夜遅く帰る日もあった。夫も私も、少しでも長く家族の時間を持ちたかった。

家までの1時間半の道を、夫は車に掛け布団を積み込んで、子どもたちを寝かせながら帰る。道路側に面していた病室から、3人の乗った車を宏典と私は、いつまでも見送った。上の子たちは、病室からも見えるようにと車内の灯りをつけ、大きな声で「バイバ〜イ！また来るからね〜‼」と言いながら病院が見えなくなるまで手を振ってくれた。見送りながら、最後にはいつも涙でぼやけて見えなくなっていた。

車の中で、「パパ、さびしいね……」とこぼす子どもたちの言葉に、夫はいたたまれない気持ちに何度もなったという。「もう少しの辛抱だ。また、みんなで家で暮らそうな」と子どもたちを励ましながら、『必ずまた家族みんなで暮らせる日が来る！』と自分にも言い聞かせていたようだ。

夫は、家に帰り着くと、子どもたちを布団へ運び、洗濯をし、子どもたちの次の日の準備をし、翌朝、仕事に向かい、仕事が終わると救う会の活動という、とてもハードな毎日を過ごしていた。

上の子ふたりは、募金活動を伝えるテレビのニュースなどから弟の命の危機を察し、そして、またその渦中にいた。近くに住み、上の子たちの世話をしてくれていた夫の父と母が、この特殊な状況にある子どもたちを必死に守ってくれていた。病院にいて何もできない私に代わって、子どもたちの傍らにいてくれる夫の父と母の存在がありがたく、たいへん心強かった。

この時の上の子たちの精神的ストレスは、私と宏典が帰国してから、暴れて泣くという形の噴火を見せた。弟の命も助かり、家族が再び家に揃うことができ、母親もいてくれるという安心感が、それまでこらえてきた気持ちを緩めたのであろう。長男が先にその噴火を見せ、「ぼく、いい子にして頑張ったよ」と言って泣きじゃくった。長男が落ち着いてきたころ、やはり次男が暴れて泣いた。私は、それまでの分も必死に抱きしめた。暴れて泣くことで、その小さな胸にたくさん溜め込んでいた思いを吐き出したのだろう。その後は、上の子ふたりの心は、徐々に安定していった。

また、募金活動中のこの頃、夫婦として、一番しんどい時期を迎えてもいた。夫は、救う会の活動や、上の子ふたりを抱えての生活、そして取材等で精神的なゆとりはなくなっていた。一方、私も精神的な限界を迎えつつあった。体のきつくなった宏典は、私がちょっとでもそばを離れることを不安がり許さないので、私はトイレもシャワーも大急ぎでこなし、ひとりになって一息つく時間もなかなかもてずに過ごしていた。病室での缶詰め生活と深刻になっていく宏典の容態と向き合う中で、その溜まったストレスをどうにか吐き出す方法を見つけなければと感じていた。

夫と私は、お互いに精神的にも肉体的にも疲れていた。何度か、お互いにパンパンになった気持ちを激しくぶつけ合ってしまい、労わりあうどころか、余計に傷つけ合い、しんどくなってしまったこともある。今の夫の状態では、私のことを支える余裕もないことを悟り、私は自分の気持ちを日記に綴り、自分で自分を励ます方法をとった。この時の苦しさも、辛さも、ストレスも一番の理解者は自分自身であった。

心配してくれている親や友人たちの心を痛いくらいに感じながら、それ以上の心配をかけたくなくて、そして、この苦しみを説明しようもなくて、「大丈夫」と笑って見せていた。誰かに気持ちを吐き出し、もし優しい言葉をかけられたなら、今の強く振る舞って見せている自分は、もろく崩れてしまい、ひとりで立っていられなくなりそうに感じていた。とにかく、「ここで負けてなるものか。私が負けたら、宏典が病気に負ける。強く！もっと強い母親に！　宏典を守り抜けるよう、神様どうか私をもっと強い母親にしてください」とよく祈ったものだ。おかげで、渡米の日を迎えるころには、随分と強くたくましい母親になっていた気がする。

命がけの渡航

２００７年1月23日、命がけの渡米の日を迎えた。急変の起こりうる深刻な状態で、たくさんの方々のご協力をいただきながら最善の準備がされた。

実はこの日の2日前、私はとうとう体が動かなくなってしまった。目が回り、起き上がるに起き上がれない。点滴を打ってもらいながら、病室で渡米の準備をした。付添いの医師団のバッグには宏典のための準備一式と、急きょ私のための点滴も用意された。

たとえこの身がどうなろうとも渡米の日をずらすわけにはいかない、明日の朝には、何が何でも体は動くはずだと念じ眠りに就いた。翌朝、宏典を守り抜くという必死の思いが体を動かした。

朝5時すぎ、病院スタッフ、救う会のメンバーなどたくさんの方々に見送られ、お世話になった病院を防災用のヘリで飛び立った。ヘリの中で、隊員の方たちからのメッセージと募金を手渡され、感謝の涙で景色がにじんだ。このとき、万が一に備え、もう一機エンジンをかけ待機してくださっていたことも後になって耳にした。たくさんの方々が宏典を無事に送り届けるために最善を尽くしてくださっていた。

30分ほどで福岡空港に到着し、空港では救急車が待機していて、その中で搭乗を待ち飛行機に乗り込んだ。そこでまた、航空会社の職員の方々が、職場の皆さんに呼びかけ集めてくださっていた募金とメッセージをいただいた。人の心のあたたかさに励まされ通しだった。

成田まで飛ぶと、そこでも救急車が待機し控室までが用意されていた。いよいよニューヨーク行の国際線に乗り込もうとしたそのとき、大きな声が聞こえてきた。

「ひろく～ん‼　頑張れ～‼　頑張れよ～‼」

ふと見あげると、空港の屋上にちぎれんばかりに手を振り、大声で叫ぶ友人たちの姿があった。

私は宏典を抱き、涙をこらえながら必死に手を振って応えた。離陸とともに、私の胸には言いようのない感情があふれていた。

「これが宏典にとって最後の日本となるかもしれない。宏典よく見ておくのだよ。でも大丈夫！　さっきの声を聞いたよね。宏典にはたくさんの人が応援してついてくれている。

ママは、絶対にまた宏典を連れて、この国に帰ってくるからね！」

そう決意を新たにしていた。

2
部

アメリカ医療の洗礼

緊張の中、無事に13時間の長いフライトを乗り越えて、ニューヨークのＪＦＫ空港に到着することができた。飛行中は、本人のわずかな状態の変化も見逃すまいと、同行の医師団と私たち夫婦と私の母親で細かな観察を行った。病院を出発してから24時間後の到着であった。

空港では、救急車が待機していた。救急車に移された宏典は、ストレッチャーにくくりつけられ、母親がそばに寄ることさえも、規則だからとどうしても許されなかった。私はその状態がどれだけ本人の体に負担をかけるのか、説明したいのだが、うまく伝わらない。歯がゆくて唇を噛みしめながら、救急隊員の指示に従った。重症なうえに不安に震える3歳の子どもは、かなりひどく揺れるその車内で必死にストレッチャーにつかまり、病院に到着する頃にはぐったりしていた。

こうしてアメリカに到着するまで大事に大事に送り届けられた宏典だったが、この救急車での移動の30分の間に、一気に体力を消耗し状態を悪化させてしまっていた。私は、この一件によって、ここは日本ではないということをまざまざと思い知らされたのである。

コロンビア大学附属モーガンスタンレイ・ニューヨーク子供病院に到着すると、すぐにＩＣＵの病室に入った。ＩＣＵといっても日本のような密閉された空間ではなく、出入り口も開けっぱなしで、付添い用の大きなソファもあり重々しい無機質な感じではなかった。

病室で落ち着くやいなや、たくさんの医療スタッフが入れ替わり立ち替わり現れては、たくさんの質問をしていく。日本では一人の医師がその子の担当医となるのだが、アメリカではチームで役割を分担して関わるので、それぞれの担当に同じ質問を受け、同じ説明がまた繰り返された。

関わるスタッフが多すぎて顔も名前も、何の担当であるかもわからない。ほとんど寝られず、また時差の関係でフラフラの私にとって、言葉の壁と、日本とはあまりに違う医療システム、それに到着早々、一息つく間もなく検査に追われたこともあって、私の精神状態は限界に近かった。

張りつめた気持ちを和らげてくれたのが、現地でサポートしてくださった日本人の方々の存在だった。移植患者とその家族をサポートする「ハート・トゥ・ハート」の皆さん、ニューヨーク日本人学校の先生ご夫妻、ニューヨークこどもの国幼稚園の園長先生と職員の方たち。おにぎりを差し入れ、生活に必要なものを揃えてくださり、買い物などのサポートをしてくださった。

その方たちと日本語で心おきなく話せる時間は、私たちに癒しを与えてくれた。「申し訳ないなんて、思わないでください。私たちは、できることをさせてもらうのですから」と言ってくださるその言葉が、ありがたくて心に沁みた。

宏典の状態の悪さから、移植手術が可能かどうかを見極めるために、心臓カテーテル検査が検討された。すでに少しの負担が命取りになりかねない状態だった。

この検査に入る前、私たちは宏典が脳死になった場合、ドナーとして臓器を提供する意思があるかどうかを尋ねられた。それまで、提供を受けることだけを考えてきた私たちにとって、その時、はじめて提供する側の親の気持ちを知ることになった。

説明を受けた際、即座に感じたのは〝忌避感〟だった。こんなに辛く苦しい思いをしてきたのに、さらに辛い目に遭わなければならないのかという感情が先に立っての承諾への抵抗である。が、しかし、その抵抗が承諾に変わるのに長くはかからなかった。

私たちは、脳死となったドナーからの臓器提供を受け、宏典の命をつなぐためにアメリカまできた。ドナーから提供される臓器によって、生かされるために。ならば、宏典が脳死となった時には、その臓器の提供をもって誰かの命を生かすことができるのであれば、短い生涯だったけれど、宏典は誰かの役に立てたことになるのだ。そして、宏典の細胞はその子の中で生き続けられる。そんな思いで臓器提供に応じるサインをした。

日本で待つ上の子ふたりのもとへ、日本から同行してくださった医師団とともに帰る日、夫は名残惜しそうに宏典に寄り添い、宏典と再会を固く約束し、断腸の思いで帰国の途についた。

これが宏典との最後になるかもしれない、という思いのなか、日本に戻らなければならない夫の心中を思った。ずっとそばについていられる私より、はるかに辛かったかもしれない。宏典と私の身の回りの世話をするために私の母だけが残った。

今後、何かの決断を迫れたときには、自分ひとりで対応していかなくてはならない。そうと思うと、急に心細くなった。夫に連絡をとる余裕のない場合もあろう。心細いなどと、もう弱音を吐いている場合ではない。私は気を強く持つため、腹をくくり直した。

カテーテル検査当日の朝、美しい朝日がマンハッタンの街に昇るのを宏典と眺めた。そのまま最期を迎えるかもしれないと言われた検査を前に、不思議と2人とも落ち着いていた。とても静かな朝だった。ストレッチャーで検査室に向かうまでの間、私はストレッチャーに寄り添い、宏典の手を握り頭をなでていた。

カテーテル検査室の入口まで来た時、「私がついていてやれるのも、ここまでか」と思うと、麻酔で眠らされるまでの間、宏典はいいようのない不安と恐怖に駆られるだろうと胸が張り裂けそうになった。ただでさえ状態の悪い宏典に、こんな危険な検査を受けさせなければならないことが、親としてとても辛く、私は顔を曇らせた。

ところがである。女性のドクターが、周りのスタッフに母親もカテーテル室に入ると説明しているではないか。一瞬、辺りがざわついた。しかし、そのドクターは「この子にとってママの顔が見えていることが重要なの。そう、眠るまでね」とはっきりと告げ、その場の雰囲気を鎮めた。

おかげで、私は麻酔をかけられた宏典が眠りに就くまで付き添うことができた。宏典は私の顔を見ながら安心して眠りに入った。日本ではまず考えられない、この人間的な思いやりある配慮に心から感謝した。

宏典は無事、検査を乗り切り、眠ったままその女性ドクターに頭をなでられながら病室に戻ってきた。私は、ドクターに宏典が安心して眠りに就けたことへの感謝の気持ちを伝えた。検査の結果、心配された肺血管抵抗《はいけっかんていこう》（肺高血圧《はいこうけつあつ》の程度を示す指標）の数値も心臓移植の適応の範囲内と分かり、いよいよ待機生活に入った。

試練のとき

病院には、小児の移植チームがあり、そのリーダーがリンダ・アドニチィオ医師だった。慈愛に満ちたそのにこやかな表情は、患者家族を安心させた。

リンダ医師がある日、宏典のもとを訪れ、言ったことがあった。「おお、なんてヒロは強い目をしているの。ひろみ、ヒロの目の輝きは強いわ。きっとこの子は、乗り越えてくれるはずよ」。おそらく励ましの言葉だったのだろう。しかし、この時の彼女の一言が何度も私に勇気を与えてくれた。

それにしても、なんとも言えない複雑な待機時間であった。本人に残された命の時間は短く、早く移植手術を迎えたいが、それは同時に同じくらいの年齢の子が一人亡くなることを意味した。

一つの消えゆく命から、消え入りそうな命がその命を紡《つむ》いでもらい、２つなくなるはずの命の一つが助かり、新しい命を生きていく。助かった命は、ドナーの命とともにその後の人生を歩いて行くという、たいへん厳《おごそ》かで尊い愛の医療、それこそが移植医療なのだということを、複雑な思いで過ごしながら実感していた。

待機している間に、今の状態では宏典のそばに母親の私がついている必要があることを周りのナースに理解してもらうにはどうしたらいいか考えていた。母親の姿が見えないのを不安がる宏典はそのたびに泣き、状態を悪化させてしまっていたのである。日本の母子の密着の強さはアメリカのナースたちには理解しがたかったかもしれない。けれど、ある日、通訳を介して思うところを、私たちによくしてくれていた一人のベテランナースに説明した。すると、ありがたいことに彼女が宏典に関わるすべてのナースに申し送りをしてくれ、それ以来、宏典の不安は和らぎ落ち着いた入院生活を送ることができた。

泣くというそれくらいの行為さえ、命を縮める段階に来ていた。宏典は、手術に耐えうる体力をつけるために鼻からチューブを入れ、高カロリードリンクを胃に流し込んでいた。ところがその影響で、腹水はさらに増え、お腹から腹水を抜く処置をすることになった。

日本の病院では注射器を引っ張り、本人の状態を観察しながら少しずつ抜き、一度に抜く量も体内のバランスを考え、慎重に見極めていた。その腹水を、アメリカのドクターはお腹にメスを入れ、垂れ流しの状態にしてしまった。
孔《あな》を開けた瞬間、腹水が噴水のように噴出した。慌てた私は、日本で執っていた処置についてて、その理由とともに必死に説明を試みるが、聞き入れてはもらえなかった。アメリカでは、まずその処置を試してみて自らが得たデータから判断するのだという。強行で容赦ない処置に困惑した。

ちょろちょろ流れ出るお腹の孔をそのままにして3日が過ぎたころ、体内の大切な成分が外に流出し、危険な状態との報告を受けた。「だからあれほど言ったのに！」と私は憤慨した。このときの憤りと悔しさはことばにならないほどであった。

点滴で、流れ出てしまった体内の大切な成分を補充し、どうにか危機は脱した。
待機日数はすでに1カ月近くになろうとしていた。もう限界に近い状態だった。厳しい処置と厳しい水分制限、そのうえ毎朝5時か6時に行われる採血に体は弱り切っていた。この頃は、眠りも浅く、ようやく朝方になり深い眠りに入ったところを採血で起こされ、宏典は針を刺される苦痛に耐えていた。

システムとは言え、この融通の利かないやり方に、何度もこの時間だけはしっかり眠らせてやってほしいと訴えた。何度目かのドクターへの訴えでやっと聞き入れられ、採血の時間が7時台に変更された。

アメリカでは、こうしたい、また、こうしてほしいということがあったら、しっかりと自分の要望や意見を伝えなければ、聞き入れてはもらえない。かゆいところにまで手の届く、配慮のなされた日本の病院とはずいぶん違うのだ。

宏典の状態の悪化とともに、ドクターの処置やシステムの矛盾に対する寛容さは私の中から消えていた。宏典を守ることに必死だった。

他方、一緒に渡米し、私たちの身の回りの世話のために残ってくれていた母のストレスも、この頃極限状態を迎えていた。私は、宏典を守るのに必死で、しかも英語でのやりとりにも神経を使っていたので、そんな母を優しく労わる余裕はなく、母はひとりでそのストレスと闘わなければならなかった。

私と宏典に背を向け、窓の外に目をやりながら、気丈な母が何度か泣いていた。私は、それを知りながら、宏典の傍らを離れるわけにいかなかった。無理もない、ただでさえストレスの多い病室での生活、しかも異国の病院、それに加えて宏典の状態の悪化と言葉の壁からくるストレスを母はもろに受けていた。

後で聞いた話だが、情けなくてたまらなくなって病室を後に病院の外へ飛び出したことがあったそうだ。しかし、どこへ行っても英語、外は右も左もわからない。日本に帰ろうにも帰れない。結局、ファミリールームの窓から見えるハドソン川に沈む夕陽を眺め、ひと泣きして帰ってきたという。

あの過酷な状況の中、献身的に身の回りの世話をしてくれる母がいなかったら、宏典も私も、この闘いを乗り切ることはできなかったかもしれない。海外に出たことのない母が、よくぞアメリカまで同行してくれ、そして、あの苦況を踏ん張りぬいてくれたことに対して、心からの感謝を母におくりたい。

待機から29日目。とうとう宏典は高熱を発してしまい、移植チームのドクターに「残念だが、これ以上悪化すると移植手術はもう受けられないかもしれない」と深刻な顔で告げられた。いつもにこやかなそのドクターの深刻な様子に、限界がどれほど間近に迫っているのかが理解できた。

一瞬、異国の地で家族と離れ離れで迎える最期が私の脳裏をよぎった。シャワー室に入り、一人泣いた。折れそうになる自分の気持ちを必死に奮い立たせた。

「ここで諦めるわけにはいかない。ここまでこんなに苦しい思いをしてきたんだもの。痛くて辛いことも歯をくいしばって頑張ってきたんだもの。宏典がダメになるわけがない。日本のみんなが応援してくれているのだ。私が宏典の生命力を信じてやれなくてどうする！　絶対に宏典は大丈夫‼」

シャワー室から出て、ＩＣＵの病室を見渡すと、どの子も必死に生きていた。そこには、エクモという生命維持装置を装着し、移植手術を待つアメリカの７カ月の男の子と、その母親の姿があった。彼女は、宏典の病室にあった千羽鶴の意味を知ると、千羽鶴を折り続けた。脳梗塞《のうこうそく》で意識のない４歳の女の子を囲む家族の姿もあった。毎日枕元で話しかけキスをする家族。誰も諦めてなどいなかった。私は彼らに勇気と闘うエネルギーをもらった。

最初で最後のチャンス

移植手術がもう受けられないかもしれないと言われた日から2日後（2007年2月23日）、私は夜中にドクターに揺り起こされた。「ドナーが現れた。明朝から手術の準備をはじめるよ、いいね」という言葉だったが、私はにわかに信じられずもう一度聞き返した。ドクターは同じ言葉を繰り返した。

待って待っていよいよ限界となったその時にドナーが現れたのだった。深い悲しみの最中に臓器の提供を申し出てくださった、愛と勇気に溢れたご両親の申し出に感謝した。しかし、そのとき宏典は39・7度の熱があった。心配する私に、ドクターは「ヒロがこの移植手術を見送って、次のドナーを待つ余裕はどこにもない」と答えた。命が尽きる寸前の出来事だった。

いよいよ手術となると、急にいいようのない緊張感に包まれた。術中に命を落としてしまうことだってある。手術は数時間後に迫っていた。私はまだ眠っている宏典の頭をなで続けた。

「ここまでよく頑張ってきたね。苦しかったね。辛かったね。手術が終わったらお茶も好きに飲めるよ。好きなこともたくさんできるようになる。元気になってパパやお兄ちゃんたちの待っている日本に帰ろうね」

眠っている宏典に話しかけながら、宏典と大切な穏やかな時間を過ごした。何度も生死の境を経験し腹をくくってはきたものの、やはりかなりの緊張感で気がパンパンに張っていた。ここまで歯をくいしばり辛い処置に耐えてきた息子に、精一杯の笑顔で微笑みかけながら、宏典が少しの不安も抱かずに手術室で眠りにつけるよう全力を注いだ。

ストレッチャーにともに乗り、宏典の両手を握り笑顔で話しかけながら、手術待機室へ向かった。ここで私は衛生着に着替え、宏典に付き添い手術室の中まで入ることを許された。

宏典は、手術室の物々しさに、一瞬不安そうな表情を見せたが、東大病院から来られて、この病院に勤務され宏典もお世話になっていた大好きな平田康隆先生の優しく笑う顔を見て安心し、私に見守られゆっくりと眠りについた。

手術室を出た瞬間、涙が止めどなく溢れた。命をかけた手術に臨む最愛の息子に対してできること、それはやはり笑みを絶やさずに見守ることであった。母である自分にできた唯一の仕事をやり遂げた瞬間、張り詰めていた緊張の糸が切れた。

3時間半の予定が6時間以上にも延びた。途中で報告があり、臓器の到着を待ったため時間が延びており何の心配もない、すべて順調に進んでいる、ということだった。宏典の心臓移植手術は見事に成功した。

6時間半の手術を終え、宏典が戻ってきた。たくさんのドレーンや点滴の管をつけ、人工呼吸器が装着されている。痛々しい姿だったが、私にはまぶしいくらいに神々しい姿にも見えた。「宏典、よく頑張ったね。ありがとう。愛しているよ」と私は頭をなでた。

術後のいちばん危険な2日間を何事もなく乗り切った。私はこのときはじめて朝までぐっすり眠りにつき、病院の外を歩いた。しかし、驚いた。道を歩くだけで息があがり、動悸がするのである。宏典のそばに寄り添った、病室での長い缶詰め生活が、健康な私の体力を驚くほど奪っていた。

手術から2日後、宏典の意識が戻り、挿管《そうかん》の器具も外された。意識がはっきりすると、手術前に約束していた小さく切って凍らせていたフルーツを宏典はおいしそうに食べた。

宏典のように、ほとんど限界に近い状態での移植では、（移植した臓器以外の）他の臓器の回復は思ったほど望めないだろうと言い渡されていた。それまでに受けたダメージがあまりに大きすぎたということだろう。

周りの心配をよそに、宏典は奇跡的な回復を見せ、たくさんの移植患者を診てきたアメリカの病院のスタッフに、その奇跡的な回復から「ミラクルボーイ！」と呼ばれた。退院の時には「君はぼくらに勇気を与えた。ぼくらのヒーローだよ！」と抱きしめてくれた。帰国の挨拶の時には「グッドラック、ヒロ！　また、ニューヨークに戻ってきて元気な姿をみせてくれよ」とその幸運を祈ってくれたのだった。

生死を分けた移植手術

宏典が移植手術を受けた日、同じくドナーを待ち続けた7カ月の男の子も移植手術となった。ほとんど同じくらいの待機時間を過ごし、しかも同じ日にドナーが現れ手術となった奇跡的な偶然。

私たちの部屋に吊るされていた千羽鶴の意味を知ったその男の子の家族は、不器用な手つきで千羽の鶴を折りあげていた。そのことを知っていた人々は、「日本の千羽鶴が起こした奇跡だ！」ととても沸いた。

先に宏典の移植手術が行われ、その手術の途中にその男の子のドナーが現れた。そして、その日の夕方に、その子の移植手術が行われたはずであった。

翌朝はやく、その子の病室を覗くと何もなくなっていた。私は不吉な胸騒ぎを覚えながら、そこに立ち尽くしていた。その時、顔見知りのナースと目があった。彼女は黙って目をつぶり、首を横に振った。

涙で病室がにじんだ。その男の子、ショーンは、手術中に出血が止まらなくなり亡くなったという。同じ日に移植手術を受けることとなった2人の男の子は、文字通り生死を分けてしまった。

翌日、荷物の片付けにきたその子の母親・ビクトリアが、宏典を見舞ってくれた。苦しい待機期間を励まし合ってきた私たちは、宏典がまだ麻酔から醒めずに眠るその病室で、強く抱き合い声を出して泣いた。ショーンの死は、今も私の中に強烈に残っている。

それまでにも何人もの幼い子どもたちの最期を見届けてきた。その子らのことは、私の胸に深く刻み込まれている。今ここにいてくれる宏典をみるにつけ、闘い抜いて逝ったショーンとその子どもたちの姿を私は生涯忘れないと、その誓いをあらたにするのである。

懸命のリハビリ

宏典は、最も注意の必要な術後の2日間を何事もなく乗り切った。あれほどまでに溜まっていた腹水は、手術中に1リットルほど抜かれ、お腹に差し込んだままのドレーンで徐々に体の外へ排出されていった。しばらくのあいだ、肝臓等の臓器から滲み出す水の量が増えたりはしたが、徐々にそれもひいていき、それとともに腹水に押され伸びきったお腹の皮はたるんたるんで、まるで出産後の妊婦を思わせた。

術後の宏典の試練は、リハビリだった。長い間、立つことも歩くこともしていなかった体は、筋力がほとんどなかった。リハビリは、宏典にとって苦痛以外の何物でもなかった。それでも強制的に作業療法士たちによってリハビリは行われ、泣きながら宏典は歩く訓練などを行った。はじめは懸命に応じてもいた宏典だったが、その強引なやり方に反発し、やがてリハビリそのものを拒絶するようになってしまった。いくらどんなことを試そうと、まったく受け付けようとしない宏典に、作業療法士たちは手を焼いていた。

これではだめだと思った私は、自分が体育学を学んだ経験のあることを説明し、作業療法士たちにリハビリのポイントを聞き、リハビリの運動をアレンジして「仮面ライダー体操」とか、「ウルトラマントレーニング」と名づけ、仮面ライダーやウルトラマンの歌を歌いながら、リハビリに取り組むことにした。宏典のリハビリは、楽しい時間となった。そして、徐々に歩く機能を回復していった。

リハビリ開始から4週間を過ぎようとした頃、聴診器をあてていたリンダ医師の顔色が変わった。心音から、拒絶反応の兆候がうかがえるというのだ。拒絶反応とは、体がドナーからの臓器を異物とみなし、攻撃しはじめ拒絶をしようとする反応で、悪くすると命とりになる。急きょ、拒絶反応を抑えるため3日間にわたる薬の点滴投与がはじまり、どうにか拒絶の兆候はおさまった。その後、拒絶を抑えるための薬の副作用で顔はアンパンマンのように丸く、パンパンになった。

また、術後の宏典は、心臓がきちんと機能し随分と楽になっているはずなのに、笑わない、話さない時間が続いていた。ドクターにそのことを告げると、「長期に闘病してきた子どもたちは、それまでの辛さや怒りが溜まって、時々そういった状態になる」という返事だった。私たちは、小児病棟に出入りするピエロに病室まで来てもらったり、ドッグセラピーの犬に来てもらったりして、いろいろと試みたが宏典はなかなか笑わないし、しゃべらなかった。

ある日、ハート・トゥ・ハートのメンバーのひとりがバイオリニストということで、メンバーの方々と宏典にバイオリンを聴かせにやってきてくれた。その時、「大きな古時計」を宏典が大好きな曲だと知っていたメンバーのひとりがリクエストをしてくれた。聞き覚えのあるメロディに、一瞬、宏典の顔が輝いた。すると、どうだろう。それまで、笑わないししゃべらなかった宏典が、「大きな古時計」を口ずさんでいる。病室は、みんなの大合唱となった。その歌の後、ハート・トゥ・ハートのお兄さん、お姉さんと一緒に、仮面ライダーの本を机の上に置いて楽しそうに、一生懸命、仮面ライダーに登場する怪人や人物を説明した。

音楽の持つ力というのは、本当にすごいものである。あれだけ、何を試しても駄目だったのに、宏典の中に溜まっていた辛さや怒りをいとも簡単に優しく洗い流してしまったのだ。その日以来、宏典はおしゃべりと笑顔を取り戻した。

移植手術の後は、たいてい約2週間前後で退院するそうなのだが、宏典は術前の状態が悪すぎたのと、腹水の調整で術後から5週間後の退院となった。

天使への祈り

移植手術から2年。3歳で手術を受けた宏典は5歳となった。移植手術を終えて現在2年目を迎えている。

後遺症が心配された各臓器も奇跡的な回復を遂げ、大きな問題もなく現在に至っている。先日行った術後2年目のカテーテルによる心筋生検《しんきんせいけん》や様々な検査の結果は「異常なし」であった。毎回結果が出るまでは、安心できないものの、今回も異常なしの結果に胸をなでおろしている。

また、昨年5月からは、児童デイケアサービスのステップを踏んで、11月から一般保育園に元気に通っている。長引く闘病でベッドの上での生活が長かったこともあり、同年代の子からの遅れを心配していたが、ありがたいことに周りの受け入れ態勢にも恵まれ、今ではすっかり溶け込み、友達と元気に走り回り楽しく過ごしている。

2年近く成長が止まっていた体もそれまでを取り戻すかのように成長し、手術時身長88センチ推定体重8～9キロだった（当時も17キロあったが体重の半分は腹水の重みだった）のが、2年たった現在、身長107センチ、体重19・8キロまでになった。

ほんの2年前までは生死の境をさまよっていたことを思うと、その元気さとその後の体の成長に、移植医療の素晴らしさを感じている。

ただ、生涯飲み続けなければならない免疫抑制剤とそれによってさまざまなリスクを抱えていることは確かであり、感染症に対するケア、食べ物の管理、生活の管理、月1回の大阪大学医学部附属病院への外来受診、年1回の入院によるカテーテル等の検査は必須である。

毎年、移植手術をした日には、ドナーの子の冥福を祈るとともに、宏典がこうして目の前に生きていてくれることに感謝を捧げている。また、夜眠る前の「天使ちゃん、今日もありがとう。おやすみ」というドナーの子へのあいさつは、この2年間ほとんど欠かしていない。

私たちは宏典に、自分の命を紡いでくれたドナーの子への感謝の気持ちを、いつまでも持ち続けてほしいと思っている。そして、こうして紡がれた自分の命を大切に生きてほしい。いつの日か、自分が多くの人に助けてもらったように、誰かの助けとなれる人になってくれたらと願っている。

移植への道をあのまま断念していたら、宏典は、こうして目の前にいてくれることはなかった。私たちはドナーの子とともに生きる宏典の命を、これからも、感謝と喜びをもって守り育てていきたいと思う。

宏典の闘病をずっと見守ってくださり、大変お世話になったある方が、私たちに言われたことがある。「恩返しをしようなんて考えなくていい。皆さんへの恩返しは、ひろくんを立派に育て上げることだよ」。そのことばを胸に、体のリスクを持ち続ける宏典を、私たちは立派に育て上げていくことをここに誓いたいと思う。

命の危機がいよいよ差し迫った時、すべてを投げ捨てて祈っていた。「生きる望みがあるのなら、どうかこの子を助けて‼　すべてを失ってもいい、自分の命を投げ出してもいい、どうか神様‼」――これが最後に私たちが辿り着いた答えだった。

日本ではまだまだ移植医療への理解は乏しく、また残念なことに歪んだ情報も行き交い誤解を招いている。そんな状況の中で、わが子が移植手術でしか助からないと告げられ、そのために募金活動まで行い移植の道に進まなければならないというのはあまりに過酷である。かくいう私たちもたくさんの苦しみを味わった。そしてまた、私たちと同じように、この重たい選択を迫られる家族はこれからも後を絶たないのだろう。

そんな中、２００８年5月に国際移植学会がトルコのイスタンブールでひとつの宣言を採択した。

世界的な移植臓器の不足を背景に、海外への渡航移植を制限し、自国内での移植医療のいっそうの普及を謳《うた》ったこの宣言が２００９年5月にＷＨＯの臓器移植のガイドラインとして正式に採用される（その後、新型インフルエンザの影響で来年の次回総会に採択が持ち越された）と、毎年日本から海外に渡っていた移植患者は海外での移植手術を望めなくなる。助かる道を知りながら、死を待つのみということになるのだ。他国では助かる命が日本では助からないのである。

高い医療技術を持ちながら、これまで海外のドナーに頼りっぱなしだった日本への警鐘ともいえるものである。アメリカで、私たちが何度も受けた質問がある。「日本は、高い医療技術がありながら、どうしてあなたたちはこれほどのリスクをおかしてまでやってくるのか？　ドナーが不足しているのは、同じでしょう？」、「移植はアメリカでは当たり前の医療として行われているのに、なぜ、日本では受け入れられないのか？」――これが、世界から見た日本への疑問である。

移植医療に対して無知であった頃、私も多くの日本人の方がそうであるように、移植医療に対して大きな壁を感じていた。しかし、すべてをこの目で見、自らわが子がドナーになることを認めるサインをした経験を経て、今は脳死からの臓器提供は深い愛の行為であり、失われゆく2つの命が紡ぎ合う移植医療は、たいへん尊い医療であると強く思うようになった。

私たちは、息子が重い病気を抱え、長い苦悩の末、移植を決断し、命の限界が差し迫ったところで移植手術を受けることができた。絶望の淵に落とされたこともある、悔しくて悲しくて泣き明かした夜もある、神様に必死に叫んだことも。苦しく辛い経験であった。しかし、その中で学んだものは実に大きい。この経験は、それまでの人生観を一変するほどのものとなった。

現在、わが家は経済的に楽な暮らしを送っているわけではないが、心はいつも豊かで、幸せに満たされている。なぜなら、息子の今を生きる姿に、ドナーの子どもさんとその家族の深い愛、そして、息子の命を祈ってくださった日本全国の方々の心をみるからである。

苦しみの中で、私たち家族は、本当の幸せとは何かを教えられた気がしている。そして、その幸せを心の中で温めることとも。この先どんなことがあろうとも、この家族の原点に立ち返って、今ある命を大切にし家族とともに強く生きていきたいと思う。

※

２００９年7月13日、衆議院での採決を経て参議院に送付されていた臓器移植の改正法案が、参議院でも過半数の賛成を得、採択ついに成立した。これまで、日本ではどうしても開かれなかった重たい扉が開かれた瞬間である。この法案は、小児の臓器移植への道を開くものとして成立が待たれていたものであった。

ただ、扉は開かれたばかりで、これから先、問題は山積みであり、大人の移植をはじめ、小児の移植が進むかどうかは、そうした課題に国はもちろんのこと、私たち自身がどう取り組むかにかかっている。

このたびの法案可決に際し、私たちも移植手術を受けた家族として、いくつかの取材を受けた。ところが新聞やテレビでの取り上げ方は、法案可決を喜ぶ家族と、もう一方で肩を落とす家族の姿を対比させるというものだった。移植を必要とする子どもがいる家族も、脳死に近いといわれた子どもを持つ家族も、わが子が置かれた苦しい状況を思えば同じであろう。同じ立場にある親同士、手を取り合い、お互いに深い理解をもって臨んでこそ、厳しい現状を乗り越えられると私は信じる。

この法案の可決は、どちらか一方を追い詰めるというものではなく、どんな立場の親にも安心を与えるものとなるよう、このあとの様々な基盤の整備が重要となってくるにちがいない。

おわりに

移植手術を受けてから2年以上の歳月が経過した。この間、私は自分が経験したことを話したり、文章にしたりするのがなかなかできないでいた。

当時の気持ちを思い返すことは、私にはとてもハードな作業であった。移植手術後、退院し、病院近くのアパートでの生活が始まってからも、急にいいようのない不安に襲われたり、涙が溢れだしたり、震えがおきたりした。命を取り留めた我が子が目の前にいてくれるのに、である。

症状を伝えると、「大うつ病性障害及び外傷性ストレス障害」という診断がつけられた。時間がたつにつれ、それらの症状は徐々に軽くなっていったが、半年の経過観察期間を終え、日本に帰国してからも、闘病中のことを思い出したり、当時のことを語ったりすることは難しく、無理にそうしようとすると涙がこみあげてどうしようもなかった。私は、辛く苦しかった当時の記憶を心の奥にしまい込んだ。

わが子の命を必死に守る闘いの後遺症とでもいうのだろうか。思えば、一度はすべてを諦めわが子の最後を看取ろうと決めたときの悲しみ、たくさんの人を巻き込んだ募金活動に注いだエネルギー、今にも消えそうな命の灯を必死に守りながら渡ったアメリカでの辛い待機時間、愛する国日本への失望、ICUで見た幼い命の闘いとその最期……当時の過酷すぎる体験が心に与えたダメージは大きかった。

高い医療技術があり、経済的にも恵まれ、何より人を思いやる心を大切にする国、日本で愛の医療が受け入れられないはずはない。亡くなりゆく2つの命が紡ぎ合い、一つの命となってともに生きていくのが、私の目に映った移植医療の姿である。

脳死となったわが子の心臓が止まるそのときまで寄り添いたいと願う親の愛があってもいいではないか。一方で、わが子が脳死となってしまった時、その細胞までが死んでしまう前に誰かの命を救い、誰かの中で生き続けてほしいと願う親の愛があってもいいではないか。臓器の提供を受け、命をつなぎ、ドナーへの感謝とともにその2つの命を守り愛していきたいと願う愛があってもいいではないか。そのどれもが、認められる社会、日本へと成長してほしい。

「愛」という言葉を使うと多くの日本の人々は、くすぐったく感じるかもしれないが、命と向き合う医療の現場は、愛と祈りの世界である。移植医療もまた、まさに無償の愛と祈りによって成し得る医療なのである。

アメリカにいたとき、多くのアメリカ人に「なぜ、こんなになるまで放っておいたのだ？　日本は高い医療技術をもっているだろう？　なぜ、日本人はこんなに高いリスクをおかしてまで、ここまでやってくるのか？」と尋ねられた。日本の事情を話した時、「その理由は理解しがたい。文化的なタブーということでいいのか？」と問われ、それ以上の説明を何度諦めたことか。

今や移植医療は世界じゅうで受け入れられている。なぜ多くの国々で移植医療は受け入れられるようになったのか、そのためにどんな努力が続けられてきたのか、日本はもっと目を向けるべきである。

助かる道を知りながら、日本という国に生まれたために、諦めなければならない命がある。これまで、その無念さをかみしめながら亡くなっていった何千何万という命、このままではこれからも続くだろう無念な命の終わりを、どうかもうこれ以上増やさないで！

命の悲痛な叫びに耳を傾けてほしい。そして、これは誰の身にも起こりうることに気づいてほしい。

私たち夫婦は、わが子が脳死になったときの臓器提供の意思を問われた際、臓器の提供を了承した。今思えばそれは、誰かの命が救えるのであればわが子の死を意味あるものとしたい、そして、わが子の細胞の一部でも誰かの中で生き続けてほしい、と願う親の愛から出たものだったろう。もちろん、最後の最後までただ寄り添いたいと願うことも親の愛であったろう。自分の体験から、どれもが認められる国、日本であってほしいと切に願うのである。国の努力で、救える命が救われる、そのための道が切り開かれることを心から希《ねが》う。

ここに、亡くなっていった小さな戦士たちの冥福を祈りたい。ドナーには感謝の気持ちを捧げたい。そして、今この瞬間も重い病気と闘っているすべての子どもたちが、いつも深い愛の中に包まれることを心から祈りたい。

そして最後に、この『ミラクルボーイと呼ばれて』を手にとり、こうして読んでくださったあなたが、どうかその命を輝かせ、足もとに咲く小さな幸せの花に気づき、今日のこの命への感謝とともに、幸せの中に包まれることを私はここで祈っている。この冊子を最後まで読んでくださったことに、精一杯の感謝の気持ちをおくりたい。ありがとう。
また、お忙しい中、原稿をお寄せいただいた石川雄一先生、福嶌教偉先生に、あらためて心からお礼を申し上げる。ありがとうございました。

２００９年6月　阿波ひろみ

追記

「ミラクルボーイ」宏典へ

あの辛く苦しい時間を、あなたは、よく歯を食いしばり頑張ったね。あなたの懸命に生きる姿が、多くの人の心に届き、多くの人を動かしました。あなたがまさに身をもって見せてくれた、自分の命を最後まであきらめない「ネバー・ギブ・アップ」の精神。あなたと過ごす中で、あなたも含めたくさんの小さな戦士たちが教えてくれた命の強さ、尊さ、そして、命を紡ぎ合うという移植医療の厳《おごそ》かで尊い愛の医療の姿、祈りの力、多くの温かい心、気づかされた本当の幸せ……。

あなたも、家族もみんな辛く苦しい時間でしたね。でも、今あなたはこうして元気に過ごしています。毎日のお薬も、様々な生活の制約も、周りの人からの目や声も、嫌になる時が来るかもしれない。だけど、あなたは「ミラクルボーイ」。奇跡の時間をたくましく生きる男の子です。命のつきる寸前から、ここまで元気になったあなたの姿を見て、どれだけの人が勇気を持てたことでしょう。同じ病気の子どもたちの希望の光となったことでしょう。

あなたの命は、日本の人々に守られ、アメリカの国に助けてもらった命です。そして、ドナーの命とともに生きる命です。自分の命に誇りを持ちなさい。自分の命に胸を張りなさい。そして、その命をしっかりと輝かせなさい。

また、大きな試練がやってきたときには、共に乗り越えていきましょう。大丈夫！ネバー・ギブ・アップの精神と、今のこの命とこの時間にたくさんの〝ありがとう〟の気持ちを持って、共に歩いて行こうね。宏典、たくさんの学びをありがとう。今、こうしてここに生きてくれてありがとう。あなたを心から愛しています。

父と母より

解説

ひろ君と出会えて

山口県済生会下関総合病院小児科　石川雄一

ひろ（宏典）君と初めて会ったのは平成17年の3月（当時1歳5カ月）でした。この平成16年度は私にとって試練の1年でした。山口大学医学部附属病院で小児循環器を2人でやっていたのが1人になり重度心不全《しんふぜん》の子どもたちを3人も見送ることになりました。

その中の1人は心臓移植を希望され、移植検討会（日本循環器学会心臓移植委員会適応検討小委員会）にも提出し、その方針に従いペースメーカー、ベータブロッカーを導入しましたが、心不全の急性増悪《きゅうせいぞうあく》で亡くなりました。移植リストに登録すらできずに亡くなり、日本の移植医療のハードルの高さを実感した1年でもありました。

そんな中、ひろ君は肝腫大《かんしゅだい》の精密検査のため山口大学医学部附属病院へ入院しました。スクリーニングで心エコー施行し、今までみたこともない心房拡大《しんぼうかくだい》に驚きました。心室《しんしつ》も動きは良いのですが7カ月相当の大きさしかなく、心室への流入障害が重度の心不全と考えました。肝疾患ではなく心疾患だということで担当医が私に変更されました。

拘束型心筋症《こうそくがたしんきんしょう》を疑いましたが、医学の教科書にもほとんど記載がないため、海外の論文も調べてなるべく客観的なデータを集め、ご両親にお話ししました。確定診断には心筋生検《しんきんせいけん》などの詳しい検査が必要なため、国立循環器病センターへ紹介しました。

結果は拘束型心筋症と診断されました。拘束型心筋症は心筋症のなかでも特殊で、待機していると、肝臓や肺のうっ血《けつ》から肝硬変《かんこうへん》や肺高血圧《はいこうけつあつ》となり移植適応から外れてしまいます。よって全身状態が比較的よくても心臓移植の適応となります。また、予後を改善できるといわれる薬などもありません。

他の心筋症は、内科的治療を試みた上で重度の心不全状態となって初めて移植に向けて登録可能となり、心臓移植が現実的になります。よって患者の状態が悪いのがわかりやすい反面、心不全の進行具合によっては（とくに小児は進行しやすい）手遅れにもなりやすいという問題点があります。

ひろ君が退院し地元に戻った時、私は大学病院から済生会下関総合病院に転勤していましたが、引き続き当院でフォローすることになりました。当時は利尿剤《りにょうざい》内服のみで比較的元気もあり、心臓移植については周囲の賛同が得られないということもあったようです。長い間苦しみ悩む両親の姿に接し、ついに移植は希望せず、「宏典を抱き締めて看取る覚悟です」と涙ながらに話す母親のひろみさんをみて、このまま何もできないのかと自分の無力、非力さを感じていました。

私個人としてはひろ君が移植へ向かって助かってほしいと思う反面、海外渡航移植はあまりに特殊すぎて、とても家族に強要できるような医療とも思えず、ご両親の意見を尊重すること以外なにもできませんでした。少しでも家族で過ごせる時間を長くできるようにとの思いで、外来フォローしていました。しかし、確実に病気は進行し、平成18年7月には腹水《ふくすい》増量、体重増加もとまらず、呼吸困難もあるひろ君をみて、入院を勧めました。

病気の進行はきつく、以前感冒時の入院で使用した利尿剤の1日3回注射ではまったく改善は見られず、持続点滴《じぞくてんてき》に変更しました。そして増量もしていったのですが、病気は悪化の一途を辿っていました。入院当初はひろみさんに抱かれマスクをして病院の売店でお菓子を選ぶ姿が見みられたのですが、それもできなくなっていきました。

ベッド上以外の生活ができなくなっても、母親に寄り添い必死に生きているひろ君の姿が移植医療に賛同しきれなかった皆の心を動かし、10月に3歳の誕生日を乗り越えた後、ついに両親から移植へ向かいたいとの申し出がありました。トリオ・ジャパンの紹介で大阪大学移植医療部の福嶌教偉先生に連絡したところ、お忙しい中、直接当院まで来て家族にお話しいただけました。

心臓移植に対し移植後の話も含め丁寧な説明を聞き、ご両親の決意も固まりました。大阪からの搬送は困難なため、当院から直接海外へ搬送してほしいというのが条件でした。上司に相談し、「やるしかない」とのコメントをもらい、担当医としても移植へお願いしますとお返事しました。

移植を決めてからも病状は確実に進行し、腹水も増加の一途でした。利尿剤を増量しても効果がないため、逆にこの多量の腹水に伴う腹圧《ふくあつ》が、静脈圧《じょうみゃくあつ》をあげ、戻りにくい心臓への血液を増やしているのではとも考え、しばらくはそのままみていました。しかし、あまりに腹水がたまり、呼吸困難が目立ってきたため、12月に入り腹水を抜いて、アルブミン（蛋白《たんぱく》）を補充していくことを開始しました。

幸いにも受入れ先はすぐ決まり、ひろくんを救う会が立ち上がり、12月25日に募金活動を開始し、平成19年の1月23日には搬送の日を迎えることができました。病状の進行をみていた私にとっては、一刻も早く海外へ搬送できることが手遅れにならない唯一の手段と思っていましたので、皆様の善意が心強いかぎりでした。

ニューヨークへの搬送は、私たちにはもちろん経験のない大仕事でした。看護副師長や産科の研修医も借りて搬送チームとし、トリオ・ジャパン、福嶌先生、病棟看護師長、救急隊や自衛隊までたくさんの「ひと」の協力を得て、無事に搬送することができました。皆がひとつの命のためにと協力できたからこそ無事にできたことだとあらためて思います。

その後、ひろ君は本当に危ない状態から心臓移植に辿り着き、奇跡的に回復し、日本に帰って元気に走り回る姿を私たちは見ることができました。長い闘病生活を必死に生き抜いてきたひろ君や家族の頑張りを目の当たりしてきた私にとって、本当に嬉しいことでした。私が何度も見送ることしかできなかった重度心不全に対し、心臓移植のすごさをひろ君が身をもって私に教えてくれました。現時点では心臓移植は不可能を可能とする唯一の医療です。

現在の日本の医療は小児の移植ができないため、重度の心不全では予後は非常に厳しく、たくさんの子どもたちが亡くなっているのが現状です。確かに移植医療は他人の臓器で生かしてもらうという特殊な医療で、その人の死生観にも関わるため、すべての人に賛同が得られるのは困難と思います。しかし、その主旨に賛成のひとでさえ、「こども」というだけでまったく受けられないのが現状です。

まずはこの状態を法律で変えて、同時に小児救急や小児の脳死の問題も検討が進められ、日本の小児医療、移植医療が前進できることを希望して止みません。

拘束型心筋症とは

大阪大学医学部附属病院移植医療部　福嶌教偉

拘束型心筋症《こうそくがたしんきんしょう》という名前は、拡張型心筋症《かくちょうがたしんきんしょう》以上に、一般の方には耳慣れないと思います。

心臓は、左右の心室《しんしつ》があり、心室が収縮して、中の血液を、全身や肺に送り出しています。心室の収縮する力が弱くなって、心室の内腔《ないくう》が拡大するのが、拡張型心筋症です。一方、拘束型心筋症の場合、一般的に収縮力は低下せずに、心室の壁が硬くなって拡張できない（大きくなれない）ために、十分な血液が全身や肺から心室に還ってくることができなくなる病気です。

そのため、心室の手前の心房という部屋が、たいへん大きくなり、肺や全身（肝臓や腎臓など）に血液が溜《た》まってしまいます。肺に血液が溜まると、動いたときや、寝転んだときに咳《せき》や息切れが出ます（この症状を喘息《ぜんそく》と間違えることも少なくありません）。また、肝臓や腎臓に血液が溜まると、腹水《ふくすい》が溜まったり、尿量が減ったりします。頸《くび》やお腹や胸の静脈《じょうみゃく》がくっきりと見えるほど拡張するのも特徴です。

胸部レントゲン検査では、心臓（特に心房）の拡大を認め、心臓超音波検査や心臓カテーテル検査では心房の拡大、心室の拡張障害（大きくなれないこと）が認められます。確定診断は、心臓の筋肉の一部を採取して、顕微鏡でみて診断します。しかし、子どもの場合は、心臓の壁が薄く、この検査をするのは危険ですので、この検査（心筋生検《しんきんせいけん》といいます）をせずに、拘束型心筋症と診断されることが多いです。

拘束型心筋症の多くは原因不明のため、特発性拘束型心筋症（特発性とは原因不明のこと）とも言われます。中には遺伝疾患（アミロイド病、糖原病など）、弁膜症《べんまくしょう》や先天性心疾患、肥大型心筋症、好酸球増多症《こうさんきゅうぞうたしょう》、心内膜弾性線維症《しんないまくだんせいせんいしょう》などが原因となっているものもあります。

治療は、まずは安静、水分制限を行い、心不全症状が強いと、利尿剤《りにょうざい》、ジギタリス製剤、アンギオテンシン変換酵素阻害剤《へんかんこうそそがいざい》（ＡＣＥ阻害剤）、ベータ遮断剤などを用いて治療します。心房の拡大に伴って不整脈《ふせいみゃく》の見られる場合には、抗不整脈剤を用います。

拡張型心筋症の場合には、内科的治療が奏功《そうこう》することもありますが、拘束型心筋症の場合は、いずれの治療も対症療法（症状を抑えるだけの治療）で、病気そのものが良くなりません。つまり、根治治療は心臓移植しかありません。

大人の場合には、心臓が硬くなって拡張障害が来ても、すでに心臓は大人のサイズにまで成長していますので症状の進行の程度は遅いのが特徴です。一方小児の場合には、心室が成長できなくなりますので、症状は急速に進行します。したがって、多少とも元気なうちに心臓移植を考慮しないと、救命の時期を逸してしまうことも少なくありません。

また、長期に肺静脈や肝静脈にうっ滞《たい》が起こると、肺や肝臓にも病変が進行して、肺高血圧《はいこうけつあつ》、肝硬変《かんこうへん》になることが知られています。もし肺高血圧になってしまいますと、心臓だけの移植では助けることができなくなり、心臓と肺の同時移植が必要になります。また、肝硬変になると、心臓と肝臓の両方を移植しなければなりません。つまり、肺や肝臓が傷んでしまう前に、心臓の移植をしなければならないのです。

拘束型心筋症で心臓移植を考える基準は、内科的治療を行っても、①肺うっ血《けつ》や肝うっ血が進行する、②すこし動いただけで息切れなどの心不全症状が出る、③心房が拡大する場合で、肺高血圧や肝硬変にまで進行していないことが前提です。小さい子どもほど進行が早いので、2歳未満で症状が改善しなければ、それだけで心臓移植を考えるべき病気です。

さて、私が宏典君の紹介を主治医の石川雄一先生から正式に受けたのは2006年10月30日でした。2004年11月に発症し、2005年4月には国立循環器病センターですでに心臓移植の適応と診断されているとお聞きし、データを拝見して、11月7日に済生会下関総合病院にとんで行きました。宏典君を拝見すると、想像以上に症状は進行し、本当に移植までたどり着けるのだろうかと思いましたが、心臓移植しか助けることはできないと思い、そのことをご両親にお話ししました。

その時にご両親は決心のつかない様子でしたが、時間に余裕がないと思い、翌日8日はコロンビア大学リンダ・アドニチィオ先生（Dr. Linda Addonizio）に紹介のメールを出していました。あまりにも症状が著しいので、リンダ先生も本当に拘束型心筋症なのかびっくりされた様子のメールをいただきました。9日には、ご両親の決心のメールをいただき、正式に渡航の準備を開始し、12月3日にリンダ先生から受入れ受諾の返事をいただきました。

9・11事件以来本人が行かないと米国ビザを発券してもらえないのですが、母親のひろみさんが離れるだけで宏典君の状態が悪くなるので、米国大使館まで父親の秀範さんに同行して、ひろみさん不在で米国ビザを取ったのも、今となってはいい思い出となっています。

何とか募金も集まり、1月に渡米できたときには本当にほっとしたのを覚えています。しかし、あまりに状態が悪いので、緊急で心臓カテーテル検査を行い、肺高血圧がないことを確認し、27日にステータス1Bで登録してもらいました。その後、腹水の管理に難渋し、もうだめかと諦めかけた2月23日にドナーが現れました。移植後の経過も順調でした。

あの状態から、ここまで順調に元気になるとは、本当に〝ミラクルボーイ〟です。

2009年7月17日に「臓器の移植に関する法律」の改正法が公布されました。1年後に施行され、わが国でもようやく小さな子どもの心臓移植が可能となります。ただ、「脳死を人の死」とする考え方は、わが国では、まだまだ普及していないのが現状と思います。また、死んだ愛児の臓器を提供していいと考える親も多くないと思います。

そのため、法律は変わっても、わが国で小さな子どもが心臓移植を受ける日が来るのはまだ先かもしれません。しばらくは、海外渡航心臓移植に一縷《いちる》の望みをかけないといけないかもしれません。

しかし、移植を必要とする子どもがいるからといって、提供する子どもや親のことを忘れるようなことはあってはならないと思います。心臓移植を受けた子どもの心情を考えても、心臓を提供されたご両親が、提供に納得されていることが大切と思います。

法律が改正されたこの機会に、小児救急医療の充実（脳死になる前に子どもの命を救う制度の充実）、虐待されている生きている子どもを救済する制度の確立、そして愛児を失った親の心のケアなどの基盤整備を検討し、日本の子どもたちが、そしてその親たちが安心して暮らすことのできる日が来ることを祈ります。

「三徴候死」と「脳死」について

大阪大学医学部附属病院移植医療部　福嶌教偉

「人の死」を定義する法律とは

まず脳死の問題が起こるまでは、人の死について、法律で定義を決めることはありませんでした（つまり、日本の法律で三徴候死《さんちょうこうし》が死であるとは決められておらず、これまでの刑法・民法上の裁判事例などから、一般的に三徴候死をもって人の死としています）。

１９６８年の和田移植以来、わが国でも脳死についての論議が大きくなり、１９８７年日本学術会議は「脳死は医学的にみて人の死」という見解を報告し、１９８８年日本医師会は「脳の死をもって人間の死と認めてよい」との見解を公表しています。

さらに１９９２年臨時脳死及び臓器移植調査会（脳死臨調《のうしりんちょう》）は「脳死を人の死とすることについては概ね社会的に受容されている」との答申を提出しています。これを受けて、現在の「臓器の移植に関する法律」が、１９９７年10月に施行されましたが、「本人が生前に書面で脳死判定と臓器提供の両方の意思表示」をしていて、家族が拒否しない場合に、脳死が死となる法律でした。

つまり、医学的には「同じ」脳死でありながら、書面による意思表示のある場合は、人の死になり、書面による意思表示のない場合は人の死でなくなったのです。

三徴候死とはどのようなものなのでしょう——その定義・概念について

三徴候死とは、瞳孔《どうこう》の散大《さんだい》（ひとみが大きく開いて、光の刺激をしても、ひとみが小さくならない状態）、呼吸の停止と心臓の停止の3つが確認された時点で、その人が死亡したと判断する方法です。日本では戦前くらいまで、多くの人は、病院でなく、家で死亡しました。しばしば、明らかに息をしない状態になってから、医師を呼び、上記の三徴候を確認して、死を宣告されました。

その後、医学が発達し、ほとんどの人は病院で死を迎えるようになりました。さらに、心電図モニターが開発され、家族の前で、心臓がまさに停止する状況を確認できるようになりました。モニターで、先ほどまで上下していた心電図の波形が、一本の線になり、同席していた医師が脈を取って、脈がなくなったことを確認し、息が止まっていること、瞳孔が散大していることを確認して、死を宣告します。

医師または歯科医師であれば、特別な資格がなくても、死を宣告することができます。おそらく、この状態が死であることには、ほとんどの人は抵抗なく、受け入れられていることと思います。

脳死は、どのようにして歴史上にあらわれたのでしょう

脳死は、①まず脳出血や脳腫瘍《のうしゅよう》などで、頭蓋内《ずがいない》の圧力が徐々に血圧より高くなり、脳の血流は停止して、脳の細胞が死んでしまうようなとき、②様々な原因（窒息、不整脈《ふせいみゃく》、心筋梗塞《しんきんこうそく》、頭部・胸部の急激な打撲《だぼく》など）で心臓が停止したあと、心肺蘇生《しんぱいそせい》をして心臓が再び動き出したときに、すでに脳が回復する許容時間を越えてしまって、脳の細胞が死んでしまうような時に発生します。

かつて人工呼吸器がなかった時代には、脳死に至ることなく、心臓が止まり、いわゆる三徴候死を迎えていました。しかし、１９６０年代に人工呼吸器が開発され、本人が息をしていなくても、機械で肺に空気を送り込めるようになったため、心臓さえ動き出せば、からだに必要な血液や酸素を送ることができるようになりました。そのため、脳が完全に機能を停止して、自分で息ができなくても、心臓が動いているような状態（脳死状態）が発生することになったのです。

つまり、脳死は、医学が発達して、近年に登場したものであり、長い間、日本の歴史上存在しなかったものなのです。したがって、従来の宗教や信仰の上で、存在しないものであり、脳死を宗教や信仰で解釈するには、とても難しいといわざるを得ないと思います。

脳死と植物状態はまったく違うものです——脳死の定義・概念について

脳死とは、呼吸・循環機能の調節など、生きていくために不可欠な働きを司る脳幹《のうかん》を含む脳全体の機能が〝不可逆的《ふかぎゃくてき》〟に停止した状態です。不可逆的とは決して元にもどらないという意味で、その機能は決して元に戻りません。全脳《ぜんのう》の機能が停止するため、自分の力では呼吸することができず、人工呼吸器なしでは心臓の拍動《はくどう》を維持することはできません。

一方、植物状態《しょくぶつじょうたい》は、脳幹の機能が残っていて、自ら呼吸できる場合が多く、回復する可能性もあります。脳死と植物状態は、根本的にまったく異なるものなのです。植物状態の患者の多くは、十分な自発呼吸があり、人工呼吸器の助けが必要ありません。

つまり、脳死と植物状態はまったく違うものです。

脳死判定はどのような流れで行われるのでしょうか

詳細は省きますが、患者が深昏睡《しんこんすい》、瞳孔散大、呼吸の停止が認められたときに、

① 脳波を5倍感度で30分間測定し、6つ以上の部位で脳波が平坦《へいたん》であること

② 脳幹反射《のうかんはんしゃ》（瞳孔反射、咳嗽反射《がいそうはんしゃ》など7つの反射すべて）が消失していること

③ 無呼吸テストを行い、動脈血《どうみゃくけつ》の二酸化酸素分圧《にさんかさんそぶんあつ》が60ｍｍＨｇになっても呼吸がないこと

をすべて確認しなくてはなりません。

法的脳死判定はガイドラインで、脳神経外科医、神経内科医、救急医または麻酔・蘇生科・集中治療医であって、それぞれの学会専門医《がっかいせんもんい》または学会認定医《がっかいにんていい》の資格を持ち、かつ脳死判定に関して豊富な経験を有し、しかも臓器移植にかかわらない医師が2名以上で行うことと定められています。つまり、一般の小児科医がひとりで判定してはいけないのです。

また、脳幹反射は2名以上の医師が別々に行い、6時間以上の間隔をおいて2回、上記の判定基準に示す項目を確認します。その上で、脳死判定委員会を開催し、そこで審議され、最終的に脳死と判定します。これらの作業は非常に厳格に行われています。

よく、新聞やテレビで、長期脳死といわれる子どものニュースが報道されますが、この子どもの脳死判定は、右のような厳格な判定を経たものではありません。多くは、無呼吸テストは行われておらず、脳死判定を行える専門家によってなされた判定ではありません。つまり、これらの子どもは、法的脳死ではないのです。

脳死になると、どれくらいで心臓が止まるのでしょう

かつては、脳死になると、ほとんどすべての患者さんの心臓は1週間程度で停止するといわれていました。しかし、医学が発達し、脳からの神経支配、ホルモン支配の研究が行われ、人工呼吸器管理、血圧を維持する点滴管理（抗利尿《こうりにょう》ホルモンなどの、下垂体《かすいたい》ホルモンの点滴など）、肺の管理（脳死になると咳《せき》が出なくなり肺炎になりやすいので、体位変換や痰《たん》の吸引を頻回にする必要があります）などが開発され、脳死になっても心臓を動かし続けることができるようになりました。

そのため、1週間以上、心臓が動いている場合もありますが、上記の管理をやめると、すぐに心臓は止まってしまいます。つまり、脳死は、脳による全身状態の調整能力はなくなった状態なのです。

三徴候死と脳死の違いはどこにあるのでしょう

つぎの表にわかりやすく書きましたが、三徴候死も、脳死も、瞳孔の散大と呼吸の停止の2つの徴候を認めます。それ以外に、三徴候死では心臓が停止しています。一方、脳死では心臓は動いていますが、脳幹を含む全脳の機能が停止しています。

つまり、人の死を決める際、心臓の停止と、全脳機能の停止のどちらに重きをおいて決めるのがいいのでしょうか。

ここで、三徴候死を迎えたばかりの人を考えてみましょう。心電図モニターで、心電図が平坦になったときには、実は脳は生きているのです。瞳孔が散大したときでも、その人に意識がある可能性もあるのです。

極端な例になるかもしれませんが、マラソン中に心臓が突然止まって、心肺停止になることがあることは、ご存じと思います。急いでＡＥＤ（簡易の除細動装置《じょさいどうそうち》）を持ってきても、心臓が止まってから数分程度経っていますので、そのときには息も止まり、脳への血流も途絶えますので、瞳孔も散大しています。つまり、三徴候がすべて揃った状況です。しかし、そこで、ＡＥＤを作動させると、心臓が動き出し、人工呼吸をしてあげて、酸素を肺に送ってあげれば、その人は意識を取り戻すことがあるのです。つまり、三徴候がすべて揃っても、死亡しているとは限らないのです。

しかし、残念ながら、心肺蘇生に時間を要した場合には、脳への血流が途絶えていたために、脳に

	瞳孔の散大	呼吸の停止	心停止	全脳の機能停止
三徴候死	○	○	○	?
脳死	○	○	−	○

障害が残り、植物人間になってしまったり、脳死になってしまったりする場合があるのです。一般に脳死は、心臓が止まる前の一過程のように解釈されていますが、このように三徴候が揃った後（一般的に言われる心臓死の後）に、脳死になる場合もあるのです。

これまでに脳死臓器提供された82名のうち3分の1の方が、心肺停止後に脳死になられた方です。

心臓が動いていることが、生きているということに、絶対に必須でしょうか

心臓血管外科医は、毎日手術の際に、心臓を止めていますが、そのことで、その人が死んだと思ったことはありません。また、心臓移植を待つ患者さんの中には心臓が止まってしまって、人工心臓で2年以上も生きながらえている患者さんもいます。この方は、心臓が止まっていますが、明らかに誰が見ても生きています。

また、心臓移植をすると、別の人の中で心臓が動き出しますが、ドナーの方がそれで生きかえったと考える人は誰もいないと思います。実験的に、心臓にチューブをつないで、血液と酸素を送ると、数日以上心臓を動かすことは可能ですが、それでも、心臓の持ち主が生きていると思う人はいないと思います。

また、逆に、仮に脳の移植ができるようになったとしたら、脳が移植されたのではなく、脳に身体が移植されたと考える方が、一般的な捉え方ではないでしょうか。

心臓に酸素と栄養さえ与えれば、心臓は動き出し、肺に酸素を送り、栄養を胃チューブか点滴で入れてあげれば、脳死でも、心臓は拍動を続け、身体は温かく、血色もいいのです。栄養が脳以外の全身にいきわたるわけですから、爪も生えるし、髭や髪の毛も伸びます。体重も増えることは不思議ではありません（なお、三徴候死の場合でも、1～2日間皮膚は生きているので、髭や髪の毛、爪は伸びます）。しかし、脳死になると、その人の意識はさめることなく、その人として生き返ることは絶対にありません。

脳死の状態が続くと、脳は融解してココアミルクのような液体になってしまいます。脳死になって、脳が蘇ることはまったくないのです。

よく、脳死になって体が動くから死んでいないということがいわれていますが、脳がない状態でも、脊髄反射《せきずいはんしゃ》は残りますので、皮膚に刺激を与えれば動くことはあるのです。脳が融解されていることが頭部CT検査で確認されている脳死の子どもでも、身体を動かすことはあるのです。あまりいい喩《たと》えではないかもしれませんが、頭のない状態の昆虫、えび、いかなどが、手足や身体を動かすことは、日本人であればほとんどの人が知っていることだと思います。

つまり、心臓が動くことや、身体が不随意に動くことは、残念ながら生きていることを意味しないのです。

以上のような根拠から、脳死が人の死であると考えています。

重要なことは、厳格な判定基準に従い、専門家が脳死判定を行うことであり、それらが行われていない事例を脳死として取り上げることがあってはならないのです。本当に脳死でない症例をマスコミで流して、反対意見を呼び起こすことはしてはならないことだと思います。

最後に、このような根拠があっても、自分の家族が死んでいないと思った場合には、脳死判定をすることも、臓器提供することも拒否できるのが、今回制定された改正案（いわゆるA案）です。つまり、本人もしくは家族が、脳死を人の死と認めたくなければ、法的脳死判定も、臓器提供も行われることはないのです。

著者略歴

阿波ひろみ（あわひろみ）

一九七〇年山口県萩市出身。現在は長門市在住。

帰国後、国際カウンセリング協会の講座を受講し、心理カウンセラーの資格取得を目指す。将来は移植を希望する家族からの相談に乗るなど患者・家族のサポートを行いたいと考えている。

ミラクルボーイと呼ばれて

二〇〇九年八月二五日　初版第一刷発行

著　者　阿波ひろみ

発行所　株式会社はる書房

〒一〇一－〇〇五一　東京都千代田区神田神保町一－四四　駿河台ビル

電話・〇三－三二九三－八五四九　ＦＡＸ・〇三－三二九三－八五五八

http://www.harushobo.jp/

装　幀　吉田葉子

組　版　閏月社

印刷・製本　中央精版印刷

ISBN 978-4-89984-105-0 C0036